倾城

时光·有味集

丽水

王文勇 著

上海文艺出版社
Shanghai Literature & Art Publishing House

图书在版编目（CIP）数据

倾城时光·丽水有味集 / 王文勇著. -- 上海：上
海文艺出版社, 2024. -- (南海潮 / 彭桐主编).

ISBN 978-7-5321-9072-0

Ⅰ.I267

中国国家版本馆CIP数据核字第2024TH6817号

发 行 人：毕　胜
策 划 人：杨　婷
责任编辑：李　平　程方洁　汤思怡　韩静雯
封面设计：悟阅文化
图文制作：悟阅文化

书　　名：倾城时光·丽水有味集
作　　者：王文勇
出　　版：上海世纪出版集团　上海文艺出版社
地　　址：上海市闵行区号景路159弄A座2楼
发　　行：上海文艺出版社发行中心发行
　　　　　上海市闵行区号景路159弄A座2楼206室　201101　www.ewen.co
印　　刷：成都市兴雅致印务有限责任公司
开　　本：880×1230　1/32
印　　张：80
字　　数：1850千
印　　次：2024年7月第1版　2024年7月第1次印刷
Ｉ Ｓ Ｂ Ｎ：978-7-5321-9072-0/I.7139
定　　价：398.00元（全10册）

告读者：如发现本书有质量问题请与印刷厂质量科联系　T：028-83181689

目录

CONTENTS

牛群与龙泉

应邀前往龙泉参加全国第七届陶瓷艺术设计创新评比大会暨中国龙泉青瓷节的我国著名相声演员牛群，在龙泉期间特意拎着一大堆抗癌药物和补品来到龙渊镇看望一位身患绝症的老大妈。他深情地说："为了你的病，我在北京询问了许多专家，这些抗癌药物我是专门从北京带过来给你治疗的，你要好好养病，坚强地与病魔做斗争，我相信你会慢慢地好起来的……"说着这些话，牛群的眼睛湿润了。而身患绝症的老大妈更是泪流满面，非常感动。

牛群在龙泉短暂的逗留期间，怎么会去看望一位身患绝症的老大妈呢？

原来老大妈的儿子曾伟与牛群是好朋友，他们之间有一段刻骨铭心的友情。

两年前，30来岁的龙泉市龙渊镇人曾伟在安徽省蒙城县开汽车修配店。

同是两年前，我国著名相声演员牛群在蒙城县挂职当副县长。

一天，牛群的秘书王飞开着一辆破旧的弗尔加车来到曾伟的店里修理。曾伟很快帮他修好了。

可过了几天，王飞又开来修理了。曾伟也很快把他的车修好了。

一回生，二回熟，曾伟和王飞很快变成了好朋友。王飞介绍了许多修车的生意给曾伟，曾伟为了表示感激之情，特意送了一对龙泉产的青瓷花瓶给王飞。

一次牛群在王飞的办公室里看到了这对花瓶，他觉得很好看，问王飞是从哪里来的。王飞将认识曾伟和曾伟送给他花瓶的经过告诉了牛群。牛群随意说了一句："不知龙泉有没有牛图样的青瓷？"

说者无意，听者有心。王飞把牛群的意思告诉给了曾伟。

曾伟刚好要回到龙泉，就在朋友那里找了一件有牛图样的瓷器回到蒙城送给牛群。

牛群看着牛瓷器，高兴地对曾伟说："瓷器上的牛，角顶天，嘴顶地，是表示什么？"

曾伟立即回答说："角顶天，嘴顶地，就是你牛哥。"

牛群开心地笑了。

曾伟说："我从小就听你说相声，现在真的见到了你，我非常高兴。"

牛群笑笑说："我从小就听说过龙泉青瓷，但一直没有机会认识龙泉青瓷，今天你送给我一件龙泉青瓷，又是一件有牛图样的龙泉青瓷，我很喜欢。今天我高兴，请你吃饭。"

曾伟受宠若惊。

随着交往的深入，曾伟和牛群变成了好朋友。

牛群在蒙城挂职当副县长，变成了大忙人。许多老百姓大事小事都去找牛群，附近各地和全国四面八方的人都慕名前往看望牛群。许多人来就是为了看一眼牛哥，与牛哥合个影，叫牛哥签个名……牛群是管工业的副县长，他以为许多人来是投资，都一一接待。因此牛群整天忙得团团转。

因为跟牛群接触多了，他忙不过来时，就把许多事情托给了曾伟打理。

曾伟曾经问他："你是不拿工资的县长，为什么要干得这么累？"

牛群无奈地摇摇头。

牛群是一位非常善良的人，他把自己的大部分积蓄捐献给了中华慈善总会，还在全国许多地方办起了"牛群特教学校"，帮助残疾人上学。

今年，牛群用自己的钱在蒙城县又办了一所"特教学校"，帮助当地200多名残疾人就学。这所"特教学校"房子是牛群盖的，老师是牛群请的，孩子每天吃的都是牛群免费提供的，牛群理所当然地成了这所学校的名誉校长。"特教学校"开学那天，他的好朋友宋祖英、冯巩、赵本山、毛宁等一大批明星赶来捧场，把整个蒙城县挤得水泄不通。牛群照顾不过来，就叫曾伟帮助照顾他的许多好朋友。

蒙城有了牛群，变成了"旅游胜地"。牛群为了维持"特教学校"的日常开支，和曾伟一起做起了"牛"生意。曾伟把牛群题的字带回到龙泉，叫龙泉的青瓷艺人把牛群写的字和牛群拍的牛一起做到青瓷上，再把青瓷运到蒙城当作纪念品来卖。纪念品店开在蒙城的闹市区，牛群委托曾伟来开店，店里每卖出一件青瓷所得的钱，曾伟只拿回本钱，利润由牛群提取。牛群把这笔钱用于"特教学校"的日常开支。

牛群曾经对曾伟说："你能来蒙城投资开店，我很高兴，你是外地人来蒙城对我帮助很大的人。"

"牛群是一位孝子，他每谈起母亲，心情都很沉重。他早年丧父，是母亲一手把他拉扯大的。20世纪90年代，他在广东演出时，母亲突然去世。牛群闻之，悲痛欲绝，伤心不已……"曾伟告诉我说，"因此他得知我母亲患上绝症时，一定要来龙泉看看我母亲。他曾经跟我说，他这次来龙泉参加全国第七届陶瓷艺术设计创新评比大会暨中国龙泉青瓷节，一半是为了我的母亲而来的。"

在北京娱乐圈的"大腕"里，牛群是为数不多没有私家车的人，在蒙城他的坐骑也是一辆破旧的桑塔纳轿车。在北京，他住的是在部队当兵时分的公房，面积只有100平方米。对此，赵本山曾经说："在圈子里，牛群是最穷的。"据说，去年牛群参加中央电视台春节联欢晚会演出，在所有的演员里，中央电视台唯一给牛群报销车费。因为圈子里的人都知道他很"穷"。

曾伟告诉我说："我去过牛群北京的家几次，他的'牛屋'装修得一般，由于他爱好摄影，家里到处放着照片和胶片，显得特别挤。为了充分利用空间，他的家里没有看到床，床和柜子连在一起，只有晚上睡觉时才会有床出现。

"他的儿子在北京四中读书，成绩很不错；妻子刘肃儿今年

48 岁，没有工作，在家里写书，曾经出版了一本关于足球明星的书籍，也爱好摄影。刘肃儿很贤惠，人也长得一般，很支持牛群的工作。"

"有一次牛群牙齿痛，又有一个演出任务要参加，我也刚好在他家里，牛群还是忍着痛去参加了。刘肃儿把我们送到火车站时哭了，她紧紧地握住我的手说：'牛哥太累了，你帮我多照顾他。'她说着这些话，我的眼睛也湿润了。"

"牛群的心里只有大家，很少为自己着想。不久前，浙江电视台著名主持人娅妮采访他时，对他说：'牛哥，你比中国任何一位县长都忙。'"

牛群常常对旁边的人说："给我一把草，我就挤给你奶。"

"牛眼"看世界。牛群爱好摄影是众所周知的。他用他的"牛眼"拍出了许多好照片。

牛群曾经多次想为一代文学大师金庸拍张照片，可一直没有机会。

不久前，牛群在上海闻知金庸因内地版《天龙八部》的拍摄来到杭州，就马上打电话给金庸。金庸表示同意接受牛群的拍摄。

可出乎意料的是，牛群右脚突然得了脉管炎，走不动。牛群打电话给在龙泉的曾伟，叫他帮忙。曾伟和朋友开着车赶到上海，专门为牛群买了一个橡皮垫放在车上让他平躺，把他送到了金庸在杭州的住所。曾伟回忆说："我们把牛群抬着去见金庸，可金庸很忙，正在辅导研究生。牛群和我们在外面等了很长时间。两三个小时后，我们终于见到了金庸。牛群马上站起来，用劲握着金庸的手说：'见到您，太高兴了。我一直想拍到您的照片，就是一直没有机会⋯⋯'金庸也热情地接受了牛群的采访。牛群拍好了，金庸还给他题词。牛群高兴地说："我花两年时间去采访和拍照中国两院院士，您是最后一位了，我今天终于完成了，非常高兴。'"

每到一处，牛群都带着相机，而且一年四季都穿着大家所熟悉的摄影服。曾伟说，这样的摄影服他总共有 11 件，个性非常鲜明。

这就是牛群。

聂卫平在丽水

一轮红日滚脚下，瓯江秋色映莲城。2000 年 10 月 2 日，正值"山水杯"全国网友桥牌赛在丽水开赛之际，全国政协常委、中国围棋协会副主席、棋圣聂卫平来到丽水，记者闻讯前往采访。

10 月 2 日下午 3 点，聂卫平一行三人乘火车到达丽水。

下火车时，发福的聂卫平戴着眼镜东瞧西望。原来说好有人来接他们。可其他的旅客都走光了，还不见来人，车站里孤零零地剩下他们三人。

聂卫平感到非常诧异，又不知往哪里走好，心顿时凉了半截。

正当聂卫平一行人在车站发呆的时候，车站派出所民警走过来了。

一位民警突然大叫："这不是棋圣聂卫平吗！"

聂卫平苦笑着与民警握握手。明白原委后，民警们立即请聂卫平三人到他们的办公室去喝茶。

聂卫平无可奈何地答应。

聂卫平等得不耐烦的时候，他的手机响了，来接的人终于来了。

原来去接聂卫平的有三四辆小车，不知怎么回事，接的人都搞错了接客的时间，结果把他晾了。他下榻山水宾馆时，还有小车在车站等着接他。

聂卫平一到宾馆，就蒙头大睡了一觉。

聂卫平喜欢吃醋、生姜、螃蟹等，还喜欢喝白酒。吃完晚饭后，他回到宾馆，看到有电脑供他使用，便高兴了起来，握着丽水市桥牌主席的手说："主席，谢谢你！"

聂卫平到丽水后第一次露出了笑脸。

10月3日下午，当记者问他对丽水的印象如何时，聂卫平说："从北京到丽水路途很遥远，到丽水后，我一直待在房间里，对丽水没有太多的印象，以前更不知道有丽水，这次我知道了，我祝丽水各个方面更上一层楼。"

记者问一旁的主办人聂卫平这次到丽水需要多少出场费。

主办人说："聂卫平基本没提这个要求，我们报销他的全部差旅费。同时送给他一些纪念品。"

聂卫平说："我在北京的时候，每天上网的时间都在六到八个小时之间，上网最大的目的是下围棋和打桥牌。"

他在网上从来都是"行不更名、坐不改姓"，除此之外，他喜欢用自己小儿子的名字"青青"上网，久而久之，"网迷们"也都知"青青"就是聂卫平了。

聂卫平在丽水短暂停留的时间里，也都见缝插针地上网，不改他的生活习惯。他说，他一见电脑就开朗了。

聂卫平在接受记者采访时说："我虽然是下围棋的，但也与桥牌结下了难解之缘。几乎在下围棋的同时我就爱上了桥牌。因此说起打桥牌，我已有30多年的历史了。桥牌是一项非常有意义的智力活动，我觉得应大力提倡。我希望群众性的桥牌活动越来越蓬勃发展。"

"如果桥牌也分段的话，你觉得你是几段的高手？"记者问。

聂卫平摇着一把扇，笑哈哈地说："我自个儿说话不算数，通过事实来说话吧！"

记者问："你打桥牌和下围棋会不会冲突起来？"

聂卫平很平静地说："不会，因为这两项都是非常好的体育活动，应该说是相得益彰，不会互相冲突。"

但有一次聂卫平在媒体上说，他们棋手输棋后就打桥牌，一连几个小时，实际上也是一种发泄，并不是那么喜欢打牌，这样的发泄只有真正的棋手才能理解。

10月3日下午，全国网友桥牌赛开赛之前，记者问聂卫平："你认为这次能取得好名次吗？"

聂卫平用手摸一下眼镜，眯着眼说："这个很难说，我当然希望取得好的名次，我来的时候就希望能打到最后。"

第一局结束的时候，聂卫平和搭档输了。记者再次采访他时，他显得有些不耐烦，他与搭档讨论得很热烈，穿着西装的他拼命地摇扇。

聂卫平一贯是不服输的，怎么今天就……

聂卫平说，棋盘上可能不服输。寻常人是很难理解一个棋手或桥牌手在重大比赛中赢后是多么兴奋，输了以后又是多么难过，难过得没法用语言形容。

难怪有人说："聂卫平的脾气有时像小孩子。"

聂卫平打桥牌的搭档很多，但常与我国残联主席邓朴方搭档。

聂卫平说，若是生活在黑白两方拼杀的世界里，人家对你不是很了解，你也受不了，人家看你傻呆呆的样子，也受不了。在这样的时刻，他除了打牌就是看足球。

他告诉记者说："我对足球的热爱由来已久，多年以来一直关注女足，我与中国女足队员的关系不错。这次奥运会，女足赴悉尼之前，我去看她们就感到女足要输，因为对手是挪威队，一支很有实力的球队。结果，挪威队不是拿了金牌了吗！"

"但我不太明白的是，为什么要在舆论上给中国女足施加那么大的压力？新闻界把她们吹得太高了。在亚特兰大奥运会之前，中国女足取得过什么佳绩？有人关心过她们吗？轮到她们好不容易多出一点成绩了，又拼命把她们抬得高高的，使她们骑虎难下。"

"这次女足失利不少人怪马元安没水平、没魄力，这个我觉得就过分了。马元安能把一支球队从默默无闻带到世界冠军，已不错了，有几个甲A教练敢说做得到？这次失败我觉得马元安的指导仅仅是很小的原因。甚至还没有舆论上瞎哄哄给女足造成的压力。"

……

当记者最后问："如果给你的生活打10分，那么围棋、桥牌、足球在你的生活里各占几分？"

聂卫平幽默地说："围棋、桥牌、足球，5比3比2，一个女足的阵形。"

他参加了开国大典的保卫工作

1949 年，缙云人褚如松参与了开国大典的保卫工作。他亲耳听到毛泽东主席庄严宣告中华人民共和国成立了，亲眼看见毛泽东主席按动电钮升起第一面鲜艳的五星红旗。1999 年 9 月 26 日，这位多次见到毛泽东、刘少奇、周恩来、朱德等的耄耋老人，在共和国成立 50 周年前夕，激动地向我们透露了开国大典时的盛况。

褚如松是缙云县大源镇越陈村人，离休后安居故乡。他虽已有 76 岁，可是精神抖擞、满面红光。想起当年的事他感到无比自豪。

1948 年 8 月，褚如松从华北军政大学射击训练班学习结束，被分派到华北步校任射击教员兼当第一大队第二中队第一区队区队长。

1948 年底，北平和天津即将解放。为确保这两大城市和以后国家首长与机关部门的安全，急需组织一支高质量的警卫部队。有关部门考虑到华北步校的学员素质优秀，就决定将步校成员改编为京津卫戍区纠察第一、第二两个总队。基层建制不改，褚如松仍当区队队长兼任射击教员。

负责警卫工作的纠察第一总队只相当于一个团的兵力，人员太少。为了加强北平的警卫力量，迎接开国大典，天津的纠察第二总队也调到北平。褚如松到北平后，不久调任三大队当侦察参谋兼任射击教员。

9月21日至30日，由中国共产党、各民主党派、各人民团体、各地区、人民解放军、各少数民族、国外华侨及其他爱国分子的代表662人所组成的中国人民政治协商会议第一届全体会议在怀仁堂举行。会议最后一天，毛主席亲自带领全体委员到天安门广场中心为人民英雄纪念碑奠基。当时保卫新政协会议的安全任务是由纠察三大队负责的。会议后，褚如松领到一枚新政协会议纪念章。

褚如松回忆说，他初进北京时，看到天安门前是南北向的长方形红色围墙，墙内主要是空地，只有几个点堆放着杂物。

为了迎接开国大典，先拆除围墙，接着拆除旧司法街和安全街之间的全部房屋，扩建成天安门前的广场。还要搬移天安门前的华表柱和石狮。原来华表柱和石狮的距离很接近，经过迁移后才形成开阔雄伟的现状。修整天安门城楼，初解放时天安门城楼破旧残缺；在天安门广场北端正中处竖立旗杆，设有电控自动升旗装置，在旗杆下建有汉白玉围栏；天安门城楼和金水桥之间建造了四座阶梯形观礼台。初建成时，褚如松奉命带领两个中队百多人按次序登上每座观礼台，指挥全体人员踏跳，以检验工程质量和承受压力程度，以保证观礼人员在台上的安全。检验结束后，随即封闭每座观礼台的进人处,在门口固定岗位派队员日夜看守,防止坏分子进行破坏。

当时预计开国大典时可能有四五十万人员参加。天安门城楼上是毛主席和国家主要领导人的站地,城楼下观礼台上也全是重要人员。为保护天安门上下的绝对安全,有关领导决定组织培训一支标兵警卫队伍,并表示这支部队是代表工农兵的。当时把这一重要任务交给褚如松。接受任务后,褚如松心情非常激动,决心要把工作做好。和领导相谈后,褚如松决定组成人员的三分之二共百人,从纠察队队员中挑选以代表农和兵;另三分之一五十人,经领导决定从印制人民币的印刷厂工人中的党团员内选拔。要求的条件是政治素质好、体态端正、仪表壮美、身高适合、一贯表现较好的工人。

纠察队队员都是步校毕业的学员,有较好的军事素质。褚如松去印刷厂挑来的党团员工人都没有一点军事基础知识,他只好把训练重点放在工人上。一个月后,褚如松把这批工人训练得像模像样。

开国大典前几天,纠察总队配合市公安局就对可疑人员进行控制,不让外出。开国大典前一天,褚如松把工农兵集中,前往天安门现场进行排队预习,再三强调开国大典时必须绝对服从命令听指挥,站立姿态要端正,严肃威武,注意力集中,提高警惕,确保安全,万一发生意外事件要奋勇拼搏。

10月1日晨,北京主要街道全由纠察总队分派队员站点,禁止任何人员随意活动。整个北京城的治安由纠察总队和公安局负责分派队员和卫兵。

回忆起那个激动人心的时刻，褚如松向我们透露了鲜为人知的有趣轶闻。

开国大典时，一般人员不准进入广场。各部队和群众团体组成人员必须列队从指定路线进入规定位置，参加观礼的人员均需有观礼证件才能登上指定的观礼台。当时北京市公安局副局长张明珂，原来是华北步校和纠察总队的党委书记，每个纠察队队员全都认识他。不知何因，他去天安门观礼时没有带上证件，结果在路上受阻。他问值勤的纠察队队员说："你不认识我吗？"队员即回答说："我认识你，但你没有带证件，是不能放你进去的。"

1949 年 10 月 1 日中午，盛典开始前，褚如松带领全队人员进入预定地点——天安门广场北侧大路北边，也就是金水河后栏杆的近处。队员由东向西交错排列面向南方，等间距站立。褚如松站地是东头首位。

大典正式开始前，广场上集中各方队伍达数小时，共有 30 万人在场。成员是各兵种部队、各民族代表队、各工厂员工、各学校师生、各机关人员、各群众团体和郊区农民。在该段时间内，褚如松数次巡视他的队伍，也去指挥部联系和了解情况，得知毛主席即将到达时，立即回到原位。

开国大典的全过程，从集中部队和群众到检阅结束，褚如松的标兵警卫队人员站立的时间共约六小时，始终原地不动，人人精神振奋，姿态威武，顺利地完成了任务。

当天的夜间，褚如松的重点任务是预防烟火落入故宫，他多次到宫内查看。

褚如松曾得到开国纪念章一枚，呈小长方形，上部是毛主席金黄色头像，下部是红色国旗。遗憾的是，1951年被人窃走。

粟裕住我家三夜

那一年春，张秉科家是全村最穷的，家里没有一分薄田，吃了上顿没下顿。

那一年春，张秉科是最绝望的，他拼命地帮地主打工也填不了肚子。

那一年春，张秉科15岁，时间老人站在1935年。

也就在那一年，张秉科完全没有想到，他参加了红军。

也就在那一年，张秉科完全没有想到，粟裕在他家住了三夜。

也就在那一年，张秉科完全没有想到，他在粟裕身边当了几天警卫员。

坐在我们面前的张秉科今年88岁，松阳县枫坪乡梨树下村人，中等个儿，身体硬朗，脸色红润，小眼睛很清澈，让人感觉很安详。他身穿老式衣服，又像个老顽童。

日前的一个晌午，我们一边品着松阳当地特有的端午茶，一边读着张秉科脸上慈祥的皱纹，1935年的故事便静悄悄地伴随着他嘴里吐出的烟雾袅袅地升起……

水深火热的时候，农民开始反抗了。

1929 年 12 月，松阳县农民陈凤生与教师卢子敬、陈丹山等组织开展革命斗争，在松阳、遂昌、龙泉县边境发展了 5000 多人，并组织农军打土豪、分田地，劫富济贫。

1935 年 5 月，中国工农红军挺进师到达松阳县，陈凤生、卢子敬、陈丹山三人带领群众和学生迎接红军。陈凤生分配在地方工作团工作。卢子敬任硝磺厂厂长，在枫坪村盘坑儿熬土硝造炸药。陈丹山任浙西南军分区征募主任，负责筹集粮草，后勤供给，制造武器。不久，二人先后加入中国共产党。6 月，陈凤生任松（阳）、遂（昌）、龙（泉）游击大队长，后任总指挥；卢子敬任副总指挥。5 月 17 日，他们带领游击队攻下松阳县古市镇。紧接着，中共玉岩区委和玉岩苏维埃政府成立，陈凤生兼任区委书记、区苏维埃主席，卢子敬兼任区委副书记、组织部部长，陈丹山兼任区苏维埃政府副主席。他们建立苏维埃政府后，打土豪，分田地，配合红军，打击敌人。

那一年，15 岁的张秉科生活穷困，正不知何去何从。偶尔有一次，他听一位亲戚说陈丹山带领群众闹革命了。张秉科很是兴奋，立即前去投奔。因为陈丹山是他的姑父。

15 岁的张秉科长得比较高，穷苦农民出身，机智灵活，很快被吸纳到游击队伍。

因为张秉科年纪小，不容易引起敌人注意，头脑又灵活，他很快做起了交通员的工作，给中国工农红军挺进师高层送"鸡毛信"。

张秉科所在的松阳县枫坪乡梨树下村四面环山，是一个很隐蔽的地方。1935 年 7 月 20 日，由粟裕领导的中国工农红军挺进师 2400 多名红军来到了张秉科所在的村。

那一天，张秉科至今还记忆犹新。

在张秉科的认识里，粟裕将军应该是穿军装，英俊威武。

但 1935 年 7 月 20 日，张秉科见到的粟裕将军看起来是那么平凡。

张秉科回忆说，粟裕当时穿着老百姓的衣服，戴着一顶草帽，中等身材，很难看出他是中国工农红军挺进师的高级将领。

"这小鬼就是张秉科？给我们送了许多次信的张秉科？"粟裕一见到张秉科，就问身边的陈丹山。

"是的，这机灵鬼就是张秉科。"一旁的陈丹山认真地回答道。

"干革命工作，你怕不怕？"粟裕开玩笑地问张秉科。

"报告首长，我不怕！"张秉科挺直胸膛回答道。

"你不怕，就跟我去！"粟裕司令员拍拍张秉科的肩膀，笑眯眯地说。

"我非常愿意。"张秉科很兴奋，心中那颗欢快的心就要跳出来了。

……

当晚，粟裕住在张秉科家。粟裕住中堂，两边各有一位警卫睡在门板上，门口有警卫站岗。

第二天，红军在村里打土豪，分田地。

张秉科家原来没有一分田，那天他们家按人头分到了 3 亩田。张秉科的父亲非常高兴，直夸红军好。

张秉科说："红军是分田地给贫困老百姓的，而国民党军是联合地主抢农民土地的。红军纪律严明，不拿群众一针一线，国民党军吃喝玩乐，两军对比很分明。当地群众很拥护红军，在他的带领下，村里其他 6 位青壮年也参加了红军队伍。"

7 月 21 日晚，红军与当地群众组织了小型的联欢晚会。粟裕向大家讲明了形势，鼓励大家对革命要有信心，在近几个月的游击战争中，红军挺进师的主力军不仅没有削弱，而且格外壮大了，人数增多了，武器加强了……张秉科听了后很是兴奋，激动得当晚几乎没有睡着。

7 月 22 日，在张秉科家住了两夜的粟裕离开了梨树下村，亲自指挥在松阳县玉岩镇排居口村打了一仗，消灭了 30 多个敌人。

在那一仗中，警卫连一排长壮烈牺牲。征得粟裕司令员同意，警卫连连长张美升（福建人）把张秉科安排到警卫连。张秉科熟悉当地地形，与当地群众沟通方便。每每警卫连出发之前，都先叫张秉科扮成乞丐出去打听情况。有一段时间，张秉科一直待在粟裕身边，随时带路，帮助粟裕和警卫连撤离。

如今，我和张秉科老人站在山岗上，似乎还能听到当年红军震荡山谷的声声呐喊以及让敌人发怵的阵阵枪声。

如今，在梨树下村，还有十多副红军标语，仿佛还在述说着当年的故事。

梨树下村人血脉里涌动着革命的血，透着坚毅与顽强。

每每回想起往事，有 50 多年党龄的张秉科觉得自己当初所做的一切都是那么自然而然，都是一个党员应该做的。岁月的长河可以抹去很多，唯独抹不去他对粟裕将军的记忆。

张秉科成为警卫连的一名红军后，跟随部队转战龙泉、遂昌、缙云、武义、宣平等地。1935 年 7 月到 10 月，粟裕指挥挺进师活跃在龙泉、遂昌、松阳三县边界地区，受到当地革命群众的热烈欢迎，很快就开创了纵横百余千米的浙西南游击根据地。

从 1935 年 8 月起，国民党军调集 40 余个团的兵力对浙西南游击根据地进行军事"围剿"，粟裕和刘英决定以游击战的战略战术来打破国民党的"围剿"。他们率领主力部队跳出敌人的包围圈，进入浙闽边境开展游击活动，与闽东特委叶飞领导的革命武装胜利会师，不久建立了中共闽浙边临时省委，粟裕任临时省委组织部长兼临时省军区司令。

随后，挺进师在当地人民群众的大力支持下，开辟了浙南游击根据地。浙南游击根据地建立后，根据闽浙边临时省委的决定，粟裕率部分挺进师武装重回浙西南，开展恢复浙西南游击根据地的斗争，一直坚持到抗战全面爆发。

1935 年 10 月，张秉科与红军部队在龙泉上田小岭战役中英勇作战，打死了许多敌人。红军有多人受伤，后有 7 名伤员转移到张秉科家养伤，主力部队继续前进。

7 名红军伤员在张秉科家养伤的日子里，张秉科和母亲悉心照料。当时，张秉科家穷，没有粮食，他就向村里人借粮食。由于国民党黑暗势力十分强大，他们很是隐蔽。一个月后，7 名红军伤员养好伤后，离开了梨树下村，寻找红军主力去了。而张秉科被当作革命火种留了下来。后来，由于局势日益严峻，张秉科逃到了松阳县城，隐姓埋名，打工过日子。再后来，由于红军主力部队离开了浙江，张秉科永远与部队失去了联系，就回到了家乡，中华人民共和国成立初期入了党。

现在村里的干部告诉我们，张秉科老人乐于助人，经常解囊资助生活困难的老人。村里有条小巷因为年久失修，坑坑洼洼，杂草丛生，晴天尘土飞扬，雨天满地积水，住户老少行走十分不便。张秉科老人看在眼里急在心上，便自己掏钱买来沙石，一锄一铲除去杂草，填平了坑坑洼洼。邻居们赞扬他这种行善积德的行为，他却说："我老了，干不了什么，只能做点小事……"

做人如斯，品德如斯。

这就是一位老红军的风采。

李政道的"雅筷"情缘

　　一位是世界著名的物理学家、诺贝尔物理学奖获得者，一位曾是龙泉市的下岗职工，谁也不会把他俩联系在一起，但为了推动筷子的"一场大革命"，他们之间演绎了一段鲜为人知的深情故事——

　　日前，国家知识产权局对以李政道博士和曾春苗两人为发明人、曾春苗为专利申请人的"雅筷"制造专利予以受理。李政道博士亲笔题名的"雅筷"商标已向国家商标局申请注册。曾春苗正在试制人民大会堂、钓鱼台国宾馆用餐"雅筷"，澳大利亚一超市配送集团也正在和曾春苗接洽，准备将"雅筷"通过其销售网络推向海外市场……

　　曾是龙泉市下岗职工的曾春苗和李政道博士为了推动筷子的"一场大革命"，他们之间演绎了一段脍炙人口的"雅筷"情缘！

　　2004年9月19日，北京饭店。

　　来自世界73个国家和地区的200余位工商协会首脑聚集在这里，出席首次举办的世界工商协会峰会，共同聚焦中国发展。联合国秘书长安南、德国总理施罗德分别向峰会发来贺信贺电……

会议结束后，与会代表收到了世界著名物理学家、诺贝尔物理学奖获得者李政道委托中国工业经济联合会名誉会长、中国名牌战略推进委员会主任林宗棠（原航空航天工业部部长）送来的特殊礼品——一套精美的"雅筷"。

这份特殊的礼品以其精湛的工艺、新颖的设计、完美的防滑功能，深受与会者的喜爱。

2004年10月15日，中国科学院中来自中国和美国的30多位世界著名科学家欢聚一堂，参加中美科学家研讨峰会。与会者同样收到了李政道博士赠送的一套精美的"雅筷"。

小小一双筷子，仅一个月就走进了两大世界知名峰会，受到了各界人士的青睐。

谁也不会想到，李政道博士对筷子是那么钟情！

谁也不会想到，生产"雅筷"的竟然是龙泉市一位名不见经传、曾是下岗工人的曾春苗！

谁也不会想到，一位诺贝尔物理学奖获得者与一位"下岗工人"之间演绎了一段鲜为人知的筷子情缘！

曾春苗告诉记者，目前李政道博士非常关心"雅筷"的生产销路，他还深情地说："我每见到一位国家元首、一位科学家都会送给他们一套龙泉产的'雅筷'，要让'雅筷'成为中国文化的使者！"

1995年，丹桂飘香的季节。

虽然是收获的季节，但曾春苗从龙泉市粮食部门下岗了。当时他就像被霜打了一样，终日无精打采。

第二年，他在亲朋好友的帮助下，借了几万元办起了龙泉市日用竹木制品厂。

2001年，很有经商头脑的他在互联网上建立了"中国筷子"网页，并聘请了几位技术人员开发新式的礼品筷子和防滑筷子。发展高档筷子之路，他走在了国内同行业的前列。

李政道博士对中国传统文化非常爱好，筷子文化作为中国文化的一个组成部分，他对其更是有着独到的研究，曾考证出中国人使用筷子的年代及其沿革。他认为中国人使用筷子，在人类文明史上是一桩值得骄傲和推崇的科学发明。

他在接受一位日本记者采访时说："中国人早在春秋战国时期就发明了筷子。如此简单的两根东西，却高妙绝伦地应用了物理学上的杠杆原理。筷子是人类手指的延伸，手指能做的事，它都能做，且不怕高热，不怕寒冻，真是高明极了。比较起来，西方人大概到16世纪才发明了刀叉，但刀叉哪能跟筷子相比呢？"

去年年底，李政道回国时与中国工业经济联合会名誉会长、中国名牌战略推进委员会主任林宗棠等讨论筷子改进的事，当谈到"传统的筷子存在夹取食物时容易滑落的缺陷"时，萌生了发明"防滑筷子"的设想。他希望林宗棠把他欲发明"防滑筷子"的设想告诉给生产筷子的企业，不久他就回到了美国。

林宗棠以为他是说说而已，并没有把这件事放在心上。

不料今年4月17日李政道博士回国时，一见到林宗棠就询问此事。

林宗棠立即叫中国工业经济联合会秘书长文杰去落实生产"防滑筷子"的事。

17 日晚上，文杰秘书长很快在网站上发现了拥有一流技术创新力量和浓厚中国文化气息的龙泉市日用竹木制品厂，于是他马上打电话给曾春苗。

曾春苗当时还不敢相信这是真的——

他想：一位世界著名的科学家怎么会产生发明"防滑筷子"的设想呢？是不是某个骗子打着李政道博士的旗号来骗他……

18 日早上，经过多方了解，曾春苗才知道这事是真的！而且李政道博士的设想与他三年前欲发明"防滑筷子"的设想不谋而合！

曾春苗从来没有那么激动过！

当天在李政道博士设计理念的引领下，他的创作灵感被点燃了，以多年的技术积淀做铺垫，和技术人员废寝忘食进行研究试制……

4 月 20 日凌晨，曾春苗经过两天两夜的试制，具有良好防滑性能的新型筷子终于研制成功了。

4 月 21 日早上，三双由李政道博士和曾春苗共同设计发明的"防滑筷子"由杭州空运到了北京。

4 月 21 日晚，北京市著名的中关村中，三套新型筷子摆在了李政道博士、林宗棠会长、中国工程院院士叶铭汉、中国高等科学技术中心秘书长柳怀祖等人的面前。

仅两天两夜时间，新型筷子就被研制出来，并从遥远的浙西南山区送到了北京，在座的所有人都对筷子的性能产生了怀疑。李政道博士仔细地看了新型筷子，并将餐厅的许多服务员请了过来，说："You are the witnesses（你们是见证人）！"要大家一起查验新型筷子的防滑性能。

光滑的鱼丸牢牢地被新型筷子夹着，丝毫没有滑落的迹象。在座的每个人用筷子接二连三地夹取光滑食物，以往很困难的事情如今竟变得如此容易。

李政道等对曾春苗能在这么短的时间内试制成功防滑筷给予高度评价，他非常高兴地说："这种新型的防滑筷子，是3000年来筷子的一场大革命。筷子的改革不简单，让我们举杯庆祝'筷子新概念'的诞生。"

这三套筷子的到来，让李政道博士在北国感觉到了南方的暖意。

4月23日，李政道在回美国前夕，将三双新型筷子送给一前国家领导人试用，并在附信中将该筷子命名为"雅筷"。

情真真，意切切！4月24日，回到美国家中的李政道打电话给曾春苗，对三双"防滑筷子"提出了三点修改意见。

6月1日，三双经过改进的"雅筷"从龙泉送到了大洋彼岸的美国李政道家中。

李政道对经过改造的防滑"雅筷"非常满意，打电话给曾春苗说："我要定购1200双'雅筷'，一是吩咐林宗棠会长把1000双'雅筷'送给首次在北京举办的世界工商协会峰会的每位代表当纪念品；二是我要200双'雅筷'亲自送给在北京举行的参加中美科学家研讨峰会的每位科学家。"

10月14日，北京秋意浓。

这一天对曾春苗来说，是一生中最为难忘最为激动的日子。

李政道博士在中国科学院见了曾春苗。

李政道博士一见到曾春苗，就紧紧地握住他的手，和蔼地说："苗弟，我们终于见面了，你为中国筷子的革命做出了贡献！"

曾春苗激动得一句话也说不出来……

李博士侃侃而谈："中国传统优秀产品不能丢失，我们要把它继承发扬好。'雅筷'很好很漂亮，你要生产各种档次的'雅筷'，让普通老百姓也享受到这个发明带来的方便。"

说到这里，他表示将"雅筷"的发明权无偿授给曾春苗使用。

曾春苗又是一阵激动！

……

短短半个小时的见面，李博士那和蔼的笑容、深邃的话语令曾春苗感慨万千！

曾春苗说："没想到能和李博士有这样的缘分，李博士说想要在全国推广'雅筷'，让大家都能享受到防滑筷子带来的方便，我一定为此而努力。"

世界冠军来了

2000年12月16日，国际象棋世界棋后谢军在女子国际象棋世界锦标赛中卫冕成功。这是谢军十年来第四次获得女子国际象棋世界冠军称号，也是国际象棋女子世界冠军是赛制改革后的第一位世界冠军。2000年12月24日晚，时值全国国际象棋个人锦标赛在缙云开赛之际，谢军兴致勃勃地来到丽水，并接受我的独家专访。

坐在我面前的谢军一脸微笑，随和可敬、沉着大方，与方寸棋盘上老辣精纯、"杀气腾腾"的模样截然相反，一代棋后的气度风范由此可见一斑。

她告诉记者说："这次夺冠是我预料当中的事，虽然比赛非常激烈，杀伐之间生死悬于一线，但我非常自信，毫不手软，抓住白驹过隙的瞬间，置对手于死地。

"说实在话，强手之间水平相差不甚多少，我行棋布局较为单调，出拳套路也相对定式化，如此一来无异于置身明处，极易被对方花样繁多的暗器所伤。但每到关键之处，我都很冷静，能激发出惊人的爆发力来。"

"您早就是当之无愧的国际象棋世界棋后，九年间四度称后，可谓天下无敌手，棋到深处人孤独。对此，您感到孤独吗？"

谢军灿烂地一笑，说："棋无止境，大家都说我是女棋后，但我与顶尖男棋手搏杀，还略逊一筹，人不能骄傲。"

"您认为对国际象棋已悟得了几成？"记者问。

"最多七八成吧！我会一如既往地在方寸棋盘之内精益求精。"谢军非常谦虚地说。

"有人说，比赛很关键的一点，就是心理素质要好，您每次比赛压力都很大吗？"

棋后沉着地一笑说："早已习惯了，每次比赛的每个阶段心理压力都不一样。棋比到最后，心理与临场的沉稳应该成了关键。我都很自信，就像我每做一件事情都要把它做好一样。"

"每次拿了冠军，您心情都怎样？"

"当然非常高兴。"

10 年前，20 岁的谢军第一次夺得世界冠军，十年后的今天，她第四度称后。

——习棋 20 年，谢军一直光彩照人，他人莫及。

欧洲人一向把国际象棋视为自己的领地，连不可一世的美国也被迫在这项"运动"中屈服。但是，中国人来了，谢军将欧洲铁幕撕开了一道明亮的口子，成为"天后"级人物。

谢军自豪地告诉记者说："现在中国女子国际象棋的整体水平要比欧洲国家的棋手高。这是中国的骄傲啊！"

"迷踪三十六，艺成天下行。"谢军下棋以"短、平、快"

为基调的闪电战驾轻就熟，游刃有余，速胜、力胜兼巧胜，她的美、智、情在方寸棋盘上发挥得淋漓尽致。

除此之外，谢军在其他领域也发挥得酣畅无比。谢军坦然地对记者说："我已完成了北师大体育人文社会学的硕士课程。我很喜欢读书，很喜欢师大的环境和气氛，怎么说呢，总之我喜欢大学生活。令我欣慰的是，我现在已是北师大国际心理学会副主席张厚粲教授的学生，在攻读心理学博士。过几天就要期末考试，我都没有时间复习，这不，你看，我的包里还带着书，准备在丽水抽空复习呢。"

谢军说："我很仰慕张厚粲教授，我对心理学很感兴趣，觉得心理学很好玩。"

谢军还向记者透露了一个鲜为人知的秘密：她读完两年博士生课程后，想在大学里兼任教师。记者问她："您最喜欢在哪个学校任教？"谢军轻轻地笑笑说："那由不得自己。"

一面是下棋，另一面是读书，谢军说这样的现状并非自己刻意安排："一直喜欢下棋，也没想太多下棋能带来什么，后来读了书，发现读书很让人快乐，读书比较灵活。"

"棋与读书，两者您各占几分？"记者问。

"不去下棋时，就去北师大读书，需要去比赛时，就去下棋，现在基本平行，边读书边下棋。"谢军很认真地说。

"读完书，您将会到国外去发展吗？"

"我还没想以后的事。我要先完成博士生学业，没准儿以后会向读书的方向转。"谢军总是那么勤恳、认真、好学。

古语讲"三十而立"，今年谢军正满 30 岁，于棋于书当然都

"立"得很坚实。

去年，记者曾采访过谢军的一位启蒙教练张连城，他告诉记者说："谢军对教练都很尊重，每次比赛回来都会给我打电话，还给我捎礼物。"

这次，谢军对记者说："如果没有那么多教练教我、指点我，我根本没有今天。教练的话我都很听，他们就像父母。"

做人如斯，待人如斯，谢军是一位非常平易近人的人。

记者问她："您早已是名人，每到一个地方总会有很多人跟您打招呼，请您签名，参加这样那样的活动，您感觉如何？"

谢军笑笑地说："早已习惯了，认出来也罢，不认出来也罢，我是一个坦诚的人，随和一点好。"

记者突然问她："丽水怎样？"

谢军说："我早听人说过，丽水山高水清，生态环境很好。我坐车一路过来，田园、山水风光的确不错。"

生活中的谢军坦然如斯，说话如斯。她真诚地说："我在下棋、读书之外，也很喜欢游泳、跑步、打乒乓球，但是，这三样我都学得很笨。"

最后，记者问她："您喜欢烧饭做菜吗？"

谢军大笑，然后捋一下头发说："我很忙，我不会做菜，也不喜欢做菜，但我很喜欢做饭。"

说完，我们俩都大笑。这就是一位世界棋后的气度风范。

作家画家醉畲乡

1999 年 10 月 17 到 19 日，来自北京、上海以及本省共 52 位作家、画家落户景宁畲族自治县鹤溪镇畲寨，参加"畲民三日"活动。作家、艺术家与畲民同吃同住，与畲民结下了深厚的友谊、浓浓的真情。

喝着浓郁芳香的惠明茶，坐在惠明寺与我省作家协会主席叶文玲交谈，自有一番别致的雅趣。

1999 年，57 岁的叶文玲女士是中国作协主席团成员、国家一级作家、九届全国人大代表。她 16 岁发表处女作，至当时已有 500 多万字 33 部作品集和 8 卷本的《叶文玲集》出版。她的长篇小说《无梦谷》获美国纽约文化艺术中心所颁的"中国文学创作杰出成就奖"，个人获第二届浙江鲁迅文艺奖突出成就奖。

叶主席侃侃而谈。她觉得畲民勤劳、纯朴、真诚，而且特别好客。她住在畲民蓝培田家中，赐畲名蓝宁。蓝培田杀鸡宰鸭，用畲乡最好的糯米酒最好的菜盛情款待她。夜晚还吃上可口的点心，享受着"子孙满堂"的欢乐。她东摸摸，西看看，畲民是那样讲究卫生，猪养得那么大。房前屋后橘子飘香，柚子高高挂，鸡鸣狗吠；老汉抽着旱烟，大妈穿着畲服，他们唱着飘荡悠扬的畲歌……一景一物一歌，都拨动着她的心弦。叶主席从没住过乡下，那种感觉自然就不一样。她说，在今后的文章中，要写一些关于畲族的文章，为偏远的山区宣传，让更多的人来领略畲族的风情。

"饮一盏绿茶，领满身清香"，这是她为奇尔惠明茶题的词。之前，她写过《茶之醉》《茶之魅》《茶之境》《茶之味》共四篇关于茶的文章。这次她喝了惠明茶，觉得比杭州的龙井茶要香。因此她说还要写一些关于惠明茶的文章。谈到近况，叶主席说，刚从法国文化节回来，正准备写《常书鸿传》。

离开畲乡，她的包里多了几根白白的野鸡毛。与蓝培田一家人告别，她的眼圈红红的。她情不自禁地说："畲民真好客啊！"

午间，我们快马加鞭来到畲民雷政开家，王旭烽还端着碗，与雷政开一家大小一起吃午饭。以一部《南方有嘉木》红遍祖国大江南北的王旭烽女士当年 44 岁，这部长篇小说获全国"五个一工程"奖，后又被改编成电视剧，在北京电视台首次播出，由原中央电视台著名主持人程前主演。《南方有嘉木》书中有一万多字写到景宁惠明寺和惠明茶，自然她与景宁人特别亲切。畲乡人民这次特别授予她奇尔惠明茶厂"荣誉职工"称号。奇怪的是之前她却没有到过惠明寺。因此这次她来到畲乡，摸着惠明寺附近的一茶一木，感受着云雾漫山顶的景色，听着鸟声悦耳的啁啾，她高兴得像小孩子，欢快地鼓着掌，情不自禁地说："真好真好，跟我书中描写的一模一样！"

曾经在茶叶博物馆工作的她，与茶结下深厚的友谊。她的茶人三部曲长篇小说《南方有嘉木》《不夜之候》《筑草为城》已陆续出版。

写了很多茶的文章，王旭烽自然对茶有很多的研究。好茶要有人呐喊，回去之后，她说要向熟悉的每一位茶人好好地介绍惠明茶。她觉得惠明茶有以下优势：惠明寺是唐朝和尚惠明盖的，在唐朝很有名气，距今已有悠久的历史；惠明茶长在惠明寺山中，名山名刹，很有福气；惠明寺海拔六七百米，云雾多，地势符合阴阳之道，茶叶采光好；惠明寺附近鸟多、花多，茶树吸收了花的香气，茶带有花粉，自然惠明茶香气扑鼻；惠明茶呈金黄，色泽好看；惠明茶比龙井茶耐泡。她说回杭州后，要好好地写一写惠明茶。

王旭烽当时是浙江文学院副院长、国家一级作家、中国作协会员。在畲乡三日中，她是真诚的人，只要你有求于她，她都乐于帮助。她自然也是省报省台各大记者采访的热门对象，签字、扮演畲族婚嫁女、唱歌……忙得不亦乐乎。王旭烽说："在畲乡玩得真高兴！"

在 10 月 18 日下午的"畲族婚礼"活动中，李杭育做了"新郎"，娶回来了"新娘"——浙江经济电视台的林彦小姐。唱完山歌，喝完喜酒，李杭育高兴地说："畲族婚礼既隆重又朴实，我非常喜欢。杭州的婚礼只会搞排场，费钱！累！婚礼中，畲歌柔软飘荡，很好听，我投入地学会了几句，真开心啊！"1957 年出生的李杭育系杭州市文联专业作家、国家一级作家、中国作协会员。著有中短篇小说集《最后一个渔佬儿》《红嘴相思鸟》，长篇小说《流浪的土地》《故事里面有个兔子》……作品获全国优秀短篇小说奖等多项国家级和省级奖。

李杭育说，他第二次到景宁，路途虽遥远，路面欠佳，但景宁确实很好玩，发展前途很大。惠明茶，他爱喝，龙井茶假的太多，与之相比，惠明茶越喝越有味。

李杭育还很高兴地说："我现在有三个名字了，一个是现名，一个是绰号，一个是畲名蓝廷青。"

10月初，李杭育辞去了所有赚钱的工作，闭门敲键盘写小说，每天2000字左右。目前，两部长篇小说同时进行，以杭州为背景，反映城市生活，一部是《诗人离乡》，一部是《丽人回家》，将由人民文学出版社出版。

李杭育说："我很多写小说的朋友都下海赚钱了。写小说又吃力又不赚钱，我能支撑下来完全是靠热爱。我干过很多事情，都比写小说赚钱。我现在写小说是一种对小说的赤诚追求。同时我经过几十年实践，觉得没有比写小说更愉快的事了。"最后李杭育欣然题笔写道："向《丽水日报·瓯江特刊》读者问候！"

国画大师何水法以画牡丹闻名全国。这次他推掉了两个重要活动专程赶到景宁，说明他对景宁情有独钟。

何大师一派名师风范，身材魁梧，花白银发与胡子，红光满面，眼睛炯炯有神。谈起话来妙语连珠，时常开怀大笑，给人印象颇深。

他第一次来到景宁，觉得这里山美水美人更美。这里的酒、豆腐、糕点与大城市都不一样，充满着浓郁的畲情。木质的小屋、空旷的庭院，他平生第一次住，感觉比北京的豪华宾馆更舒畅。8

月，他在德国人家中做客；10 月，在畲乡少数民族家中做客，中西文化，各有千秋。但畲乡给他的感觉更深，畲民更热情。

何大师说："作为一个知识分子，需要不断下基层体验生活。老百姓所爱所恨所干所思……一切都很真实朴素，艺术家很受熏陶。我感谢畲乡人民给我这个机会。回杭州后，我接下来要画很多画，迎接新世纪画展，其中一部分就是关于畲乡的风土人情。我明年要搞个人画展，将在北京、上海、台湾、杭州、成都，首尔、吉隆坡、洛杉矶等地展出，我要把畲乡畲民的风情展现给全世界的人们。"

何大师是一位灵感型的国画家。在景宁，很多人都想求他的画。何大师来去匆匆，但他把畲民的情谊带回了家。

将军，小妹念你70年了

革命的小妹，美丽的兰花。

坚强的小妹，飘扬的头巾。

将军，小妹念你70年了。

每天早晨，遂昌县云峰镇门阵村廖小妹早早地起床，侍弄她心爱的兰花。在她的庭院里，在她房屋的屋檐，在她的房间里，到处摆放着兰花。70年来，廖小妹一直种兰花。见到兰花，她犹如见到了当年笑容灿烂的粟裕将军。

1937年10月，时任闽浙边临时省委组织部长、省军区司令员、中国工农红军挺进师师长粟裕离开红军地下交通员廖小妹所在村的时候，正值山上的兰花（叫丝茅脚九子兰）热闹地开放。廖小妹摘了一束芳香四溢的兰花送给将军，借此希望将军把幽幽的兰香传遍中国……

70年过去了，廖小妹一直抹不去对将军的记忆。

在今年建军80周年、粟裕将军诞辰100周年来临之际，粟裕生前秘书、师职离休干部鞠开专门从北京赶到门阵村看望廖小妹。

回首 70 年，小妹和将军的故事仿佛就在眼前——

在那激情燃烧的岁月里，19 岁的廖小妹多次上山为粟裕和他的部队送粮送信，做出了不可磨灭的贡献。

7 月 13 日，艳阳高照。

我们的车子过了金华琅琊，驶进山路，柏油路顺着山势，沿着白沙溪时起时伏，连绵弯曲。高峡出平湖，金华人民的饮水之源——浩瀚的金兰水库、沙畈水库在夏日光照下闪出粼粼波光，两岸密林葱茏，随和风微曳，山谷鸟鸣声声尽显浪漫。

车子在一个呈三角形的偏僻村庄停下。我抬头望苍穹，盛夏碧天湛青，三面山高连天，对面半山腰贯通的隧道洞开，当地人说这是新建电厂的引水工程。

这里就是与金华相邻的遂昌县云峰镇门阵村，当年红军地下交通员廖小妹便住在这里。

廖小妹今年虽有 89 岁高龄，但精神和身体状况很好，从她脸上深深的皱纹中，我读到了她红色年代时的风华。在她娓娓的叙述中，我们回到了 1937 年。

1937 年 5 月初，粟裕与上级党组织失去联系，率"牵制队"30 余人来到了门阵村。粟裕从地图上发现，也从群众口述中知道，这里有一处建立小块游击根据地非常好的地方。它以门阵为中心，坐南朝北，背靠大岭，面对金汤平原，群峰守望，竹木葱茏。

粟裕面对门阵村，开始思谋上策。为了不惊动国民党部队，粟裕和他的战士在离门阵村五里路的山上搭了两个草棚设立营站。廖小妹的爷爷是位木匠，加入了中国共产党。粟裕进驻门阵村山上后，他帮助搭草棚，积极参加革命。

那时廖小妹 19 岁，她在爷爷的指引下，秘密地加入了中国共产党。粟裕一进驻门阵村，她就开始为粟裕和他的部队送饭。

每天早上，她早早起床做玉米饼。当时她家条件差，没有大米，只能给部队做玉米饼。做好后，她把玉米饼藏在蓑衣袋里，头上包着毛巾假装上山扒猪草，偷偷进山。半路上，粟裕部队的人员就过来接应。这样送了一个星期，山上的草棚搭好后，她就开始为部队送玉米粉，让战士们自己在山上做着吃。

廖小妹老人一边说着，一边指着山岗上的那棵大樟树说，当年红军部队就驻扎在那樟树后面的山弯里。

我问："部队为什么要驻那里？"

老人说："那时红军游击力量分散，一是驻那山上便于隐蔽和疏散，二是对老百姓生活没有影响。"

"你在送饭过程中有没有遇到过危险？"我又问。

"有一次，我在给部队送玉米粉途中遇到了国民党兵。国民党兵问我：'上山干什么？'我回答：'给猪扒草吃，等猪养大了，给你们送去……'国民党兵听了很高兴，见我平时很老实，高兴地放我走了。其实我当时心里非常紧张，因为口袋里还有一封送给部队的信，一旦暴露，后果不堪设想，多亏我当时机智地把国民党兵骗了。粟裕知道后，还在部队里表扬了我。"廖小妹老人说完，脸上流露出微微的笑容。

在那激情燃烧的岁月里，廖小妹为粟裕的部队做出了不可磨灭的贡献。

在廖小妹的印象里，粟裕将军应该是穿军装，英俊威武。而当时的粟裕穿着老百姓的衣服，看上去很普通，很温和。

门阵人血脉里涌动着革命的血，透着坚毅与顽强。

我和廖小妹老人站在山岗上，似乎还能听到当年红军震荡山谷的声声呐喊以及让敌人发怵的阵阵枪声。如今，在门阵村山后纵横交错沉默了数十年的战壕，仿佛还在述说着当年的故事。

廖小妹老人回忆说，1937 年 7 月 7 日，抗日战争爆发后，国共开始合作。

廖小妹老人说："国共双方在门阵村张平家谈判的时候，粟裕为了防止国民党军队袭击，隐蔽在另一间房间暗听，谢文清、刘清扬等在前厅与国民党代表谈判。一旦有变故，粟裕就可以从后门撤退。"

谈判结束后，粟裕令部队从山上开到门阵村，驻守在村对面的空地里，集中练兵，开展形势教育。这时候，廖小妹才认识了她仰慕已久的粟裕将军。那一幕，她至今记忆犹新。

"你就是给我们送了半年粮食和信的廖小妹？太感谢你了……"一见到廖小妹，粟裕将军就开怀大笑地说。

当时 19 岁的廖小妹还很害羞，在她的印象里，粟裕将军应是穿着军装，英姿飒爽，很威武。而眼前的粟裕司令员穿着老百姓的衣服，看上去是很普通。她走上前去，壮着胆说："首长好，那是我应该做的。"

由于当时形势还很严峻，也怕日后国民党军队对廖家产生不必要的麻烦，粟裕司令员和廖小妹的见面很秘密。当年村里人也不知道廖小妹是红军地下交通员。

为了感谢门阵群众对红军的支持，红军在门阵的白沙庙举行了军民联欢大会，粟裕还请了木偶戏班演了三天戏。

1937 年 10 月 18 日，粟裕将军率部队告别根据地父老乡亲，从遂昌门阵出发，随后到达飞云江南岸，与刘英派来的联络员相遇，随即奔赴平阳北港，与刘英胜利会合。

粟裕部队临出发前，当时正值当地山兰花开放，闻悉的廖小妹摘了一束芳香四溢的兰花，送给粟裕司令员，借此希望悠悠的兰香传遍中国……

70 年来，有 70 年党龄的廖小妹觉得自己当初所做的一切都是那么自然而然，都是一个党员应该做的。岁月的长河可以抹去很多，唯独抹不去她对将军的记忆。

一转眼，70 年过去了。

前不久，一位北京来的 80 岁老人在有关人员的陪同下，来到廖小妹家慰问，并向廖小妹了解当年粟裕在此战斗的情况……

这位 80 岁的老人就是师职离休干部，曾当过粟裕的秘书，在粟裕身边工作 20 多年的鞠开。鞠开告诉廖小妹，今年 8 月 10 日是粟裕将军诞辰 100 周年，为更好地宣传粟裕将军的丰功伟绩，他沿着粟裕战斗过的足迹来到她家了解当年粟裕在此战斗的情况。

其实早在 2005 年 5 月 11 日，粟裕的三女儿粟惠宁和女婿陈小鲁（陈毅之子）就带着红包和礼品，专程前往门阵村慰问廖小妹，感谢当年廖小妹为她父亲做出的贡献。

尽管廖小妹当年做了许多很重要也很了不起的事情，但她一直来默默无闻。中华人民共和国成立后，她从未向党提过任何要求，一直在村里很平静地生活。直到 1978 年，上级有关领导才知道她还健在，并确认她为共产党员。

1981 年，粟裕将军病重期间，门阵村村干部前往北京看望粟老，粟老还清楚地提起廖小妹，并吩咐身边的工作人员有机会去看望廖小妹。粟裕将军去世不久，他的秘书即前往门阵村看望了廖小妹。

如今，不管什么时候，只要你走进廖小妹的家，她的热情总让人感动：不论是否认识，她都会尊你为宾客，端上一杯高山云雾茶。你揭开茶杯盖，一股醇香便会扑鼻而来，那是用高山甘泉冲沏的。你若是嘴馋了，瞧着她屋旁边篾席上翻晒着的咸笋干，忍不住伸手拣一片放在嘴里细嚼的时候，她的脸上洋溢的总是真诚的微笑。

廖小妹老人现在四代同堂，子孙满堂。一天到晚，她总是在侍弄兰花。

因为70年来，将军的笑容就像灿烂的兰花一样定格在她的心里。她对将军的记忆永远放在心底，很少对外人提起。

一室幽兰香满堂。

我惊喜地发现，今年老人种的满庭院兰花绽满嫩芽，等开放时一定是满堂芳香，香飘几里。在我采访期间，老人怎么也不愿意讲她自己，但我们都喜欢"倾听"。她默默地坐在那里，心里依然活在她的"红色"年代里。透过幽幽之兰，我们还依稀可以看见当年她为将军送饭的情景……

廖小妹和将军的故事，令我不由想起郑板桥的咏兰诗：

千古幽贞是此花，不求闻达只烟霞。

采樵或恐通来路，更取高山一片遮。

青田有个"联合国村"

周岙村，如一口大大的鱼塘，镶嵌在青田县方山乡的群山之中。

就是这不起显的小村庄：650 人留守在村里，650 人分布在世界各地 28 个国家，每家每户都是侨属。

在街头巷尾，随便抱起一个小孩，他就可能是外国公民。

随便走进一户人家，你就可以看到这户人的亲人从国外拍摄回来的照片，寄回来的各种各样的外币。

这里的华侨有些不会讲普通话，却会讲外语。

还是这村庄，有时候比记者更早知道哪个国家最近的新闻。

于是，这越来越多的人把这个村称为"联合国村"。

这村的人可以不关心农事，《新闻联播》的国际新闻却每天都要看。在街头巷尾，大家谈论最多的话题是这国总统的讲话水平，那国的天气变化。

"最近欧洲国家中哪国天气最热？哪国雨下得最多？"

"A 国最近不太平静，B 国总统将要改选。"

"非常关心跟我国对立的国家或地区，一举一动都注意。"

每天清晨，周岙村桥头就聚集一群农民谈论着这样的话题，各抒己见，各自把国外亲人打回来的电话内容告诉大家。为某个国家的某个问题吵得不可开交，那是常有的事。

身处小山乡，心牵大世界。

每晚的《新闻联播》国际方面的新闻，周岙村人都必看。他们对两类题材的新闻最为关心：一类是我国领导人出访，或外国元首访华。他们知道，这是两国友好的标志，国与国关系好了，他们的亲人在国外的日子就好过了。二是战争或重大自然灾害，这些都直接关系到他们在国外的亲人们的处境。

2000年，周岙村人讨论最多的话题是中国加入WTO。他们说，对一个"领导"非常关注：美国总统。西欧各国总统的名字、讲话水平，他们也都很明白，因为周岙村人分布在西欧的亲人最多。他们都知道新总统刚当选时，居留证最好办。

在周岙村，挨家挨户都挂着世界地图。自己的亲人在哪个国家，中国到这个国家路线怎样走？他们天天看，因此对世界地图滚瓜烂熟。前年，一个残疾人背地图到周岙村卖，结果，100多张世界地图顷刻被抢购一空。

周岙村150多户人家，户户装有国际直拨电话，有些人天天接到国际长途电话。

因而在这里能直接感受到世界风云变幻。

周岙村年年人口减少，留在村的人，老的老，小的小，而每人却都识得各种外币，谈起人民币汇率如数家珍。

"去年村里有六个出生指标，结果只有一人出生。"村支书林寿昌告诉记者，"我村的计划生育工作一点不用操心，大家都到国外生孩子，孩子一出生就加入外国国籍，中国籍的孩子几乎没有。"

1995 年周岙村还有 880 人，2000 年前后每年都有一大批人出国，年年人口减少。村中 18 岁到 40 岁的人几乎找不到，有的整家人移民到国外，人均收入多少谁也算不清，反正几乎每户人家都在城里买了房子。还有的买在北京，或买在上海，或买在杭州……

这里的人最关心的是人民币汇率，因为留在村的人经济收入主要靠外汇。

刚进村时，我先走进金献宗家，他爱人正在数比利时法郎，墙上挂满亲人们从比利时各地拍摄回来的照片。

接着我们走进朱志忠家，他在数荷兰盾。看完他家的照片，我们又感受了荷兰的风光。

当我们走进周林权家时，他在数西班牙比塞塔币，看他家的照片，我们又感受着西班牙的迷人建筑。

……

因而你每走进一家，就似乎走进一个国家。从这家出来走进另外一家，就似乎从一个国家出来走到另外一个国家。

这里的老人、妇女不识几个字，却认得很多个国家的货币。每户人家最起码存有三种以上的外币。谈起人民币汇率，他们如数家珍。他们会告诉你：最近，汇率比较稳定的是美元，波动最大的是里拉、荷兰盾、马克、法郎等，1999 年最高时 100 万意大利里拉可以兑换 5800 元人民币，而 2000 年只能兑换 3900 元。

人们对汇率是极为敏感的，哪种外币汇率涨了，他们就赶紧把手中的外汇兑换成人民币，跌了就把外币存入银行。有的甚至告诉国外的亲人什么时候可以寄钱，什么时候不要寄钱。

因而在这里能直接感受到世界金融变幻莫测。

560多位华侨，最高学历是高中毕业，而百万富翁却不计其数。该洗碗就得洗碗，周岙村人勤劳第一，闯劲第一，市场意识第一。

在周岙村，你碰到的每一个人都有可能是百万富翁。

林寿昌告诉记者：村中有几千万元资产的人，他知道就有二三十人。而百万富翁则比比皆是。

村中560多位华侨中，初中毕业以上学历占一半，小学毕业占一半，高中学历的只有20多人，大学毕业的一个也没有。有些人连普通话也不会讲。

村里曾有一位姓季的妇女，出国时在海关，检查人员问她：到哪个国家，国外有什么人。她一句话也答不来，但有护照，照样出国。她刚到意大利时，白天洗碗，晚上卖花。当地人问她花多少钱一束，她伸出三个指头，意思是300元里拉币。老外却递给她3000元里拉币。因此，在周岙村流传着这样一句笑话：不识字的比识字好。

当然周岙村人每年都在提高自身素质。其实，他们是很有创业精神的。首先，周岙村人勤劳第一。

在国外，他们洗碗、扫地、摆地摊，什么样的活都干过，而且每天工作十二到十六小时。农民本性勤劳，钱是在血汗中一点一点滴出来的。

即使当了老板，他们照样穿着工作服，比工人还干得辛苦，从不摆阔气。他们说："该洗碗扫地时，就得洗碗扫地；该忍受和忍耐时，就得忍受和忍耐。你熬到一定地位，你才能够有发言权。这是一个漫长过程，是磨炼，更是学习的过程。干大事，也是从零开始的。"

其次，周岙村人极富闯劲。

中华人民共和国成立前，他们的上一辈人为贫穷而出国，路途中受尽万般苦难，在国外受尽凌辱，好不容易从家乡闯向国外。

改革开放后，他们为了致富而出国，原先固定在法国和荷兰后两国，后来闯到世界各地 28 个国家。

跨入 21 世纪后，他们纷纷把投资的目光转回青田，从国际到国内。

其三，周岙村人很有市场意识。

中华人民共和国成立前，他们以打工为主；改革开放后，他们以经营餐饮业为主，后逐步转向做外贸生意。

他们往往有超前意识，哪国缺什么，就在哪国做什么生意！世界是市场，他们处处把握着市场信息。

因而在这里能直接感受到世界市场的瞬息万变。

千年处州府城墙

大水门，拔船纤；

小水门，卖食盐；

厦河门，种菜园；

虎啸门，开饭店；

丽阳门，打草毡；

左渠门，开鬼店。

这首民谣曾广泛地流传在丽水市区民间，甚至妇孺皆知。这反映了老百姓对处州府每座城门功能的熟悉，也反映了处州府六座城门与老百姓的日常生活息息相关。

处州府城墙是丽水市历史文化的宝贵财富，也是人类文明和智慧的结晶。然而岁月悠悠，历史沧桑，处州府城其他五门均已先后被拆毁了。如今，大水门成了处州府城幸存不多的城门。

经国家文物局批准，2004 年市政府对处州府古城墙大水门江滨段进行了修复。随后，我对这段城墙进行了考证：处州府城墙是什么时候开始有的？历史上它经过几次修复？它的历史价值如何？

历史魂牵梦绕地把我们牵进了唐代。

那时，处州府为了防御敌人和洪水，修筑了城墙。据史料记载，当时的城墙比较简单，城墙的高度和厚度都不如现在的旧城墙。

元至元二十七年（1290），处州路总管翰勒好古、万户石抹良辅委丽水县尹韩国宝，见处州府城墙防御功能很差，在原来旧址的基础上进行了改筑，并设城门六处：北有望京门（亦称丽阳门）、东称岩泉门（俗称虎啸门）、东南称行春门（亦称厦河门）、南称南明门（俗称大水门）、西南称括苍门（俗称小水门），西北称通惠门（亦称左渠门）。整个处州府城墙设有城楼6座，雉堞3600只，守舍69处，官厅6处，月城四座，望城3座，敌楼4座。这六门设置沿袭了我国州郡府城建设的基本礼法。处州府衙设在望京门和南明门的中轴线上，其选址布局十分符合我国古代州郡府城"辨方正位"的传统礼制。

此时的处州府城墙初步定型，它依山水地势而建，规模宏大、布局奇巧，总体上由若干个曲折的弧线构成了一个硕大的椭圆造型，宛如天界飘落的一条彩练，自然安详地镶嵌在丽水的大地上。

到了明朝嘉靖四十二年（1563），知府张大韶对处州府城墙进行了修复，砖毁处第一次用石头进行修补。

由于发大水，明崇祯年间和清康熙、乾隆年间，都对处州府城墙进行了修筑。

而真正大规模的修筑是在雍正年间。雍正七年（1729），当时朝廷动用处州十县之力，由知府王钧主持，把砖换下，统一用规格大小差不多的石头，重修处州府城墙。现存的大水门古城墙就是那时修缮后保留下来的格局。那时的古城墙用鲁班尺量是高三丈五尺，厚一丈五尺，堞高七尺四寸，周围一千八百五十丈。也就是说那时的处州府城墙是最蔚为壮观的。

嘉庆、道光、同治年间，处州府城墙连遭大水，又多次修复。近一百年来，处州府城墙和六座城门已逐渐失去了防御功能，慢慢地倾颓了。

由于失去了防御功能，自民国始，处州府城墙即被附近居民占建住房，并因开筑公路及其他公共设施，府城及城门大部分先后被拆毁。现存南明门（就是大水门），原城楼是二层四檐挑出的木构建筑，抗日战争期间被烧毁，改为单层城门楼。望京门在20个世纪70年代末拓宽中山街时被拆，现残存其东侧墙，用城砖砌成。括苍门至万象山坡一段约存120米石砌城墙。行春门向北的一段尚留有100米残墙基，压在民房之下。

世事嬗变，处州府城墙像一位历史老人，沧桑地走过了千年历史，由无到有，由兴盛到衰落，这也是符合历史发展规律的。

毋庸置疑，南明门是古代处州府六个城门中最为重要的一道门。因为它位于丽水城正南方向的瓯江北岸，而古代丽水以水路作为最主要的交通方式，往往敌人就是从水路攻打进来的。

南明门的重要性从它的格局上就可以看出：整个南明门建筑由中门、东与西敌楼、半圆形瓮城、瓮城城门等多个部分组成，建筑面积3000多平方米。中门和瓮城城门门顶原有城楼，中门城楼于早年损毁，瓮城城门也于抗战时期拆除，北侧内墙筑有马道，并有踏跺供守城兵将登上城墙顶部巡视敌情；墙顶正面筑有城垛和垛口，东西敌楼为守城将士休息守望之用，楼壁正面和左右两侧设有望孔和射孔，防御时，兵将可在敌楼内对入侵之敌组织交叉射击网。如遇敌人进入瓮城，关闭前后城门，敌人即被"瓮中捉鳖"，故名之。

经研究比较，在我国南方诸多古城墙中，南明门古城墙及城门建筑是最能反映其自身特点的：一是结构合理、布局紧凑，堪称古代城池设计之佳构；二是在建材上采用大规格紫红色火山砾岩块石垒砌，墙身做工精细，墙体厚实坚固，虽历经数百年而岿然不动，其高超的建筑艺术无与伦比；三是除防御功能外还具有防洪的功用，既是城墙也是江堤，可谓江南城墙营造之一绝。在本次挖掘过程中，从墙根基础结构、地层成分及包含物的种种迹象都充分说明了这一点；四是瓮城内外场地宽阔，瓮城城门内近代以来还设有戏台，城门外有繁忙的江边码头，是温州、丽水、龙泉航运的重要商埠，人流物流高度集聚，自然形成了集农、商、军三位一体的政治经济文化中心。这对当时舟车不通、信息不便的浙西南来说，确实有着特殊的现实意义。

其实南明门是官方的叫法，在民间，老百姓把南明门称作大水门。老百姓这种叫法当然是南明门面临瓯江水大而得名的。

关于南明门的来历，在挖掘现场，有一位白发银须的老者向我们讲述了这样一个有趣的故事。南宋时候，丽水出了两个当朝宰相，一个姓汤，一个姓何。汤宰相住碧湖，何宰相住丽水。有一年，朝廷恩准处州府改建大水门。两位宰相爱乡恋土心切，都想把城门修在本土上，何宰相主张把城门修在丽水，汤宰相则决意把城门建在碧湖，两人你来我往相持不下。这时南明山一位老和尚出面调解说："二位宰相不必再争，依老僧之见，就以两地泥土比重来定夺如何？"二人觉得也只好如此，便依老和尚的话去做。不想何宰相技高一筹，在称重的泥土中掺入铁砂而制胜。不久，大水门终于在丽水建成了。为了纪念南明山那个老和尚，故后人就把大水门称为"南明门"。这个故事听似虚妄，却也为古城墙平添了几分鲜活的文化色彩。故事的真实性如何并不重要，而从中折射出丽水民间对古城墙魂牵梦绕的思绪则是最可贵、最值得传扬的。

据专家介绍，处州府城墙是处州历史上拥有重要防御和防洪双重功能的古城墙，是研究古代丽水政治、经济、军事、文化不可多得的文物。

为什么这样说呢？

一是古代处州是历史上兵家相争的重地，扼守处州城，就可以控制处州府十县的局面，又可援守温、婺、衢三州。因此历史上著名的"三藩之乱""太平天国运动"等多次军事行动中，都力争处州城，可见处州府城的战略地位十分重要。

二是处州府城墙厦河门环城河段的出水口设有闸门，当洪水高于城内之水时，关上闸门可防洪水倒灌；江水低于（正常水位）城内之水时，开启闸门又可排城内之涝，充分体现了古代劳动人民抵御洪涝灾害的经验已经很丰富。

三是处州府城墙历史悠久，始建年代确切，修筑养护脉络清晰，是古代城墙研究的重要实例。专家介绍，处州府城墙砌筑技术是浙江省范围内的孤例，其斜方格形石砌法形成"人"字结构的力学原理，使得城墙数百年如故，因而为现代河岸、堤坝的建造提供了实物例证。同时在我省，现存城墙、城门及墙址保持历史原状的并不多，南明门及瓮城保存之完整，在我省古城墙中尚属罕见。

因此在第五次省级文保单位申报过程中，省内外专家一致评定：处州府城墙不愧为中华民族传统文化的标志之一，具有重要的历史、艺术、科学价值；处州府城墙主体建筑保存完整，保护措施比较完善，应当贯彻"保护为主，抢救第一，加强管理，合理利用"的方针，让文物在当地经济建设和社会发展中发挥其应有的作用。同时建议古城墙修复工程要严格按照国家文物修缮工作规律办事，包括周边地带绿化工程，要求尽可能栽种具有地方特色的树种和花草，保持环境的和谐统一。

据我了解，处州府古城墙大水门江滨段的挖掘工作于 2004 年 7 月下旬结束，它的修复工作立即进行。在市政府的高度重视下，目前的处州府古城墙大水门江滨段总投资 3000 多万元（其中包括绿化、其他公共设施），全长 400 余米。

悠悠历史，沧桑累累，每每走过处州府古城墙，在十里防洪堤绿色生机、百里繁花似锦的包容下，我想，谁的心里都会穿越一段美丽的历史故事，不管读懂读不懂，它都会诠释着新丽水人那份绵绵的眷恋之情。

莲都可采莲

悠久

一部中国文学史,与莲花有关的文学形式和文学作品很多。

《诗经·郑风》有"山有扶苏,隰有荷华"之句;

屈原则有"制芰荷以为衣兮,集芙蓉以为裳"的咏唱;

北宋理学家周敦颐的《爱莲说》一文中赞颂荷花"出淤泥而不染,濯清涟而不妖",成为传世名句;

……

而在我们丽水,则有一个关于莲花的美好传说。

相传公元 502 年,南朝萧梁间,处州莲城。

突然有一天乌云密布,一道红光在莲城上方闪烁。人们抬头观看,只见一对金童玉女在乌云间嬉戏。他俩你追我赶,蹦蹦跳跳,玩得非常开心。

正当人们看得津津有味时,金童变戏法似的拿出了一朵漂亮的荷花献给了玉女,玉女看着这朵美丽的荷花不禁喜笑颜开,拉着金童的手连声感谢⋯⋯刹那间，观音娘娘出现了，惊得金童玉女大惊失色，玉女手中的莲花就从天上掉了下来⋯⋯

原来这朵莲花是从观音娘娘那里偷来的。

这朵莲花就不慎掉落在莲城的边上，于是年复一年，每到夏季莲城城里城外方圆几十里地荷花星罗棋布，碧叶滚珠，莲蓬叠翠，芳香袭人。

这个古老的传说一直流传在如今的富岭乡一带。因此上千年来，富岭一带的荷花久开不衰，以至于水阁、新合、石牛等地的农民纷纷效仿富岭农民种植莲子⋯⋯城里城外都是莲花，于是后来丽水市区就取名为莲城。

传说归传说，但更科学的说法是莲城因城区地盘像莲花而得名。

不管怎么说，丽水市区这座城市离不开"莲"字，与"莲"有深深的渊源。2000年，丽水撤地设市，原丽水城区就取名为"莲都区"。

据20世纪80年代末的《丽水市志》记载：南朝萧梁间，大约是公元502到519年间，处州农民已种植莲子；宋以来，颇有名；富岭、水阁、新合、石牛等乡为主要产地，富岭乡最多；1958年后一度衰落，1979年后有发展；1984年，全县种植10000多亩；1988年后，每年种植约300多亩，年产量20多吨⋯⋯

故而莲花在莲都人心目中有特殊的地位，莲子被视为最好的礼品而备受宠爱。

繁荣

"层层的叶子中间，零星地点缀着些白花，有婀娜的开着的，有羞涩的打着朵儿的，正如一粒粒的明珠，又如碧天里的星星，又如刚出浴的美人。微风过处，送来缕缕清香，仿佛远处高楼上渺茫的歌声似的……"月下的荷叶、荷花和荷塘，在现代作家朱自清的笔下简直就像一幅意境优美的工笔画。即便如此，在黑暗势力笼罩的旧社会，作者的心绪是不平静的。

同样在我们莲城，旧社会里农民的生活是非常艰辛的。那时，他们连种莲子的本钱都没有。富岭乡农民褚李根向我们回忆说："当时我们的父辈没本钱种莲子，而温州人却很喜欢我们富岭的'处州白莲'。当时，'处州白莲'以'粒圆、籽饱、色白、肉厚、味甜'而闻名祖国各地。"

"那怎么办？温州人见我们的父辈经济困难，就先把银圆垫付给我们的父辈当定金，父辈们就用温州人的银圆种上了莲子，再把卖莲子得来的钱拿去买米油盐等，度过了最艰难的岁月。为了感谢温州人对'处州白莲'的厚爱，在旧社会，每年莲子成熟快要采摘的时候，我们的父辈特别开设了一个莲子宴的活动，邀请温州的客商前来富岭感受丰收的喜悦。为了开展这项活动，村里专门成立了一个协会，这个协会的名称就叫'莲子福'协会。"

明代的许仲琳在其著名的神魔小说《封神演义》里，塑造了一个莲花少年英雄哪吒的形象，他纯真勇敢而又法力高强，敢于蔑视神权、打抱不平，极具正义和反抗精神，是我国古典文学中为人民所喜爱的人物之一。而在处州大地上，莲花又变成了正义和勇敢的化身。因为在旧社会，如果没有莲子的帮助，我们处州的一部分农民可能要经受更多的苦难……

时光悄然进入 20 世纪 80 年代初期。党的春风绿遍了江南，中国实行了家庭联产承包责任制，农民兴高采烈地分到了土地。"微风摇紫叶，轻露拂朱房。中池所以绿，待我泛红光。"农民们就像笑开了的莲花一样，喜笑颜开。他们纷纷在自己的责任田里种上了莲子。

当时种有 6.3 亩莲子的富岭乡农民朱东余向我们算了一笔账：那时候，干莲子可以卖 3 元钱一斤，一亩田有 100 到 150 斤干莲子收成，加上莲子须（它的价格比莲子贵三倍，因为它的数量少）、莲子蓬、莲叶都可以卖成钱，种莲的收入自然比种水稻好多了。

那几年，光富岭乡发展种莲就达到了 5000 多亩。一到夏天，公路两边都是盛开的莲花，蔚为壮观。正印了南宋诗人杨万里的《晓出净慈寺送林子方》的诗句："接天莲叶无穷碧，映日荷花别样红。"

看富岭乡的农民种莲经济效益不错，附近水阁、新合、石牛等地的农民纷纷效仿富岭农民种植莲子，城里有些农民也跟着效仿。于是莲城城里城外，都是一片荷花的景象。"采莲去，月没春江曙。翠钿红袖水中央，青荷莲子杂衣香。云起风生归路长……"许多老丽水人都非常怀念以前丽水到处可见莲花的情景。

"昨夜三更里，嫦娥坠玉簪。冯夷不敢受，捧出碧波心"，莲花的美让人心动。

"出淤泥而不染，濯清涟而不妖，中通外直，不蔓不枝，香远益清"，莲的高尚品质、优雅气质、庄重仪表，令人肃然起敬。

于是在 1989 年，莲花被丽水市人民政府命名为市花。

灿烂

"开门郎不至，出门采红莲。采莲南塘秋，莲花过人头。低头弄莲子，莲子清如水。置莲怀袖中，莲心彻底红。忆郎郎不至，仰首望飞鸿……"代表着南朝乐府民歌最高成就的《西洲曲》，更是对莲花和采莲有着细致入微的描写。

莲城因莲而美丽，人们因莲子而骄傲。

20 世纪 80 年代初期，"处州白莲"成了莲城人最好的送礼佳品。每年正月走亲访友，送一斤"处州白莲"，那是最客气的礼物；客人到家造访，烧一碗莲子羹给他们吃，那是最客气的招待方式；女儿出嫁，在她的袋里装上陈年的"铁莲"，那是最好的祝福……在富岭乡一带，甚至许多妇女出嫁时，新娘装的图案是莲花，新娘帽、新娘鞋、新娘袜以及出嫁带去的枕头上都绣着莲花。"色夺歌人脸，香乱舞衣风。名莲自可念，况复两心同""荷叶罗裙一色裁，芙蓉向脸两边开"，莲花成了富岭人最美好的吉祥物，人们的许多生活都和莲花一一相关。

"干荷叶，色苍苍，老柄风摇荡。减了清香，越添黄，都因昨夜一场霜。寂寞秋江上。"这么优美的莲花进入 20 世纪 90 年代以后，却慢慢遭到了冷遇。

那时，农业开始步入现代化，面临着一场深刻的结构调整。

农民们纷纷种水果、蔬菜，因为这两者的经济效益要比种莲好。富岭乡的农民离城里近，有明显的区位优势，于是在富岭广袤的土地上随处可见水果林立，蔬菜绿油油……

通过农业结构调整，农民们富裕了，生活水平提高了。虽然富岭乡的种莲面积降到仅200亩，其他水阁、新合、石牛等地更是看不见莲花了。但是富岭人对莲子的深情依然没有改变。

富岭乡朱弄村的朱连云曾经在乡政府工作，他告诉我们说："我喜欢莲，与她总有说不清道不明的关系，就像我跟女儿的关系一样。因此自20世纪80年代初期开始，我每年都种莲，每年都给自己的亲朋好友捎去白白的莲子，给他们送去最美好的祝福。"

与他一样，在朱弄村，许多人对莲的情节依然深深。在我们采访的时候，突然听到有位老农背着"出淤泥而不染，濯清涟而不妖"的词句，我们感到非常惊诧。后来这里的老农告诉我们：这里的人们都知道这句词。

老农还告诉我们：有一次村里挖井时，已经挖到七八米深了，在泥中挖出了一大把"铁莲"（这里的人们把陈年的莲子都叫铁莲），用锥子敲开，莲子芳香扑鼻……这说明莲子在该村确实有非常悠久的种植历史，也就不奇怪该村人都知道周敦颐的《爱莲说》了。

说着说着，我们来到了朱弄村最有名的荷花地——"富岭乡百亩处州白莲基地"。村支书向我们介绍说："这个地方就是传说中金童玉女丢失莲花的地方，是他们给我们村带来了福气。这一百亩基地几百年来都是种植莲花，这里产出的莲子与其他地方不一样，是上等的莲子，'处州白莲'因此地而得名……"

我们仔细望去，只见一望无际的荷面上，朵朵莲花在阳光底下独自悄悄私语。我们不禁又想起了古人的诗句："灼灼荷花瑞，亭亭出水中。一茎孤引绿，双影共分红""池面风来波潋潋，波间露下叶田田"。

在莲花深处，一群摄影爱好者举着相机"咔嚓——咔嚓——"地拍着。据村民介绍：每当七八九十月份，外地人络绎不绝地前来观看莲花，更多的是摄影爱好者，他们来自全国各地，这里也变成了中国第一个摄影之乡丽水的一个创作基地。

在荷花深处，我们巧遇了富岭乡党委书记，他也正举着相机在拍摄美丽的荷花。

"现在莲都面临着无莲的尴尬境地，富岭乡曾被称作是'莲乡'，作为一方父母官，您能为发展富岭乡的莲花做点什么吗？"我们毫不客气地抛出尖锐问题。

管书记，这位莲花的爱好者，显然对此问题有了思考，他对我们说："我们乡政府一是做好规划，后是实施。在讲究生态和谐的基础上，请有关专家对乡里的莲花基地进行了规划；二是多渠道、多形式做实宣传引导工作，让村民懂得'一个产业能兴起一方经济'这肤浅而深刻的道理，让他们明白富岭发展'处州白莲'的区位优势、传统产业优势，增强村民发展'处州白莲'的信心；三是建立示范基地，以基地带动千家万户发展传统产业……"

说着说着，我们看见了荷花深处的条条红鲤鱼，我们想起了汉代乐府民歌中的一首极为清新优美的小诗："江南可采莲，莲叶何田田。鱼戏莲叶间。鱼戏莲叶东,鱼戏莲叶西,鱼戏莲叶南,鱼戏莲叶北。"

乡党委书记告诉我们说:"这鱼是我们乡政府从青田引进的,政府补贴给农民们养殖,一亩莲田大约通过养鱼可以为农民增加一两千元收入,再加上莲子的收入,农民种莲的收入就很可观了。"

"那发展前景不是很好吗?"我们不禁问。

"那是,我们预计明年富岭乡的莲花基地将达到 1500 亩。"管书记高兴地告诉我们。

听到此,我们感到一阵惊喜:莲都又有莲花了。

"待到明年此时,我要带着一家人到此地再来拍荷花,看荷花。"面对荷花的美好景色,一位杭州的摄影爱好者在我们旁边情不自禁地自言自语。我们不禁想起了赵孟頫的词《后庭花》,对其略作改编,以此表达看到荷花的心境:

荷塘绿涟涟,

芙蓉两岸秋。

采莲谁家女,

歌声起暮鸥。

顶骄阳,

满脸荷香,

戴荷叶归去休。

回来的路上,我们的心绪依然还在田田的莲花丛中。

探访河阳明清古民居

先是一个繁忙的小镇，接着走过有悠久历史的古桥，然后河阳的"十八间"、八士门、古街逐渐明晰，还有那古民居里的木雕牛腿、马头屋檐和着历史的阴影梦幻般地呈现。8月3日我们顶着骄阳，就这样一头撞进了河阳。

河阳位于缙云县新建镇，距丽水市区约50千米。这个人口3000，有着1100年历史的古村庄，水系、道路基本保持着元代村庄的设计特色，而现存的十九大宗族庄园式古民居建筑和十几座古祠堂乃是明清两代所建；当地保持了古朴的民风民俗，该村的人九成姓朱，依然是家族式的生活，耕读传家。

走到这里，你会很自然地想到沈从文笔下的湘西格局，苏童笔下的江南格式，或者是列入世界遗产的鲁迅文章里的周庄样式。

其实"河阳"一词由来已久，春秋战国时期的《愚公移山》，开篇就是"太行王屋二山，本在冀州之南，河阳之北"。这里的"河阳"就是水的北面，最古老的"河阳"指黄河之北，即如今的河南。

我们这边的河阳村也是迁自河南。唐僖宗年间，河南信阳地区两兄弟朱清源、朱清渊为避战乱来到了浙江杭州。当时这里属于吴越国，皇帝武肃王听说朱清源学问渊博、口才出众，即聘他为掌书记，成为王宫主管。公元932年，武肃王病故，天下大乱，弟弟朱清渊劝告哥哥朱清源隐居起来，待天下形势明朗再说。于是武肃王死后第二年，朱清源携弟游括苍缙云，看到那里山水秀丽，就选择在山下的风水宝地而居，为使朱氏后裔不忘祖宗之本，取河南信阳各一字而名"河阳"，于是也就有了现在的河阳村。

这个掌故我们是从河阳村的朱氏族谱里读到的。朱氏自河阳定居以来，已繁衍四十二代。一千年来，他们崇尚礼教，耕读传家，重农经商，人才辈出，富甲一邑。于是就有"有女嫁河阳，赛过做娘娘"的说法，也有了河阳村的别名"一万穷"。

"一万穷"这个村名是由一位和尚取的。相传他在该村向一位老妇女化缘时，那老妇女说："师父，我家有九口人吃饭，只有一万亩田，穷得很，没钱化缘……"那和尚回去后就跟人说："河阳有一万亩田的人家还说自己穷，真是'一万穷'村。"从此，"一万穷"村的名声就传开了。

正因为当时河阳富甲一邑，于是就有了如今"唐宋望族长留千古风范，明清庄园笑迎八方嘉宾"，被浙江省命名为历史文化保护区的千年古村河阳。

这些都是河阳最初展示给我们的。

稀罕

如今我们读到的河阳村是一个平静的江南小村，你走在村落上，很少感觉到喧哗。

河阳真正兴盛是从宋代至元朝中叶，故住房建筑也以大建筑居多，其风格均不离始祖朱清源的住房风格，"逆朝西南，维直作正厅三进，翼以重厢"，共计二十八间，规模宏大，体现了名门望族的气派。

元朝中叶以后，河阳人丁一度衰竭。于是官至长洲教谕的朱竹友（1265—1334）回乡后，请名师、办私塾，建"八士门"。

为什么要建"八士门"呢？相传宋元时期，河阳共出了八位进士。八进士中以朱藻最为出名，政绩斐然，入《中国名人录》，故朱竹友建"八士门"以纪念之，希望村人以朱藻为学习榜样。

如今你走进河阳，还可以看到"八士门"牌坊。它位于河阳村正大门，后靠河阳村后山（名叫中峰山）五龙抢珠入脉处，风水极为好，因此河阳人又称它为"八字门"。为图吉利，河阳人娶媳妇、嫁女儿、老人出殡都要过"八士门"，此风俗沿革至今。有"不入'八士门'，不算河阳人"之说。

我们在采访的时候，村人们一定叫我们摸一下"八士门"前的一对无头的石狮子，说会带来好运气的。这对无头的石狮子名叫"稀罕"。相传石狮乃朱元璋所赠送，取名"稀罕"，意指河阳一村出了八位进士实属稀罕。此"石稀罕"至今有六百多年历史了，在"文化大革命"中，有人欲弃之河中，被一人救至院中。

后该院出了六位大学生，村中人都觉得是"稀罕"带来的好运气，于是重新把"稀罕"搬到了"八士门"前，如今凡村中人参加高考前都到此地摸一摸，以期带来好运气。

整个明代是河阳村从发展到兴盛又到衰落的时期。到了清朝中叶，正值西方资本主义经济开始进入中国，该村以朱翰臣为代表的一批财主们也走上了经商办厂的道路，很快成为缙云的富翁。由于子孙多，在五世同居、等级制度、封建礼教等宗法思想支配下，他们开始大规模建造"十八间"民居。由于长期在外经商，他们见多识广，采用了北方四合院加江南楼堂的结构模式：一式的十八间大院加七或九间后堂的"前厅后堂"庄园式建筑群，外形是小青瓦、白粉墙、马头墙。现存的十九个宗族建筑群就是在当时完成的。

1862年，太平军进驻河阳后，惊叹道："我们从广东一直打到南京，一路过来，从来没有看到过这么好的一个村庄。"

在历史中我们读到了河阳的繁荣。

瑰宝

走过河阳，你不得不去看看"十八间"古民居。

其实"十八间"古民居在河阳有十九处，集中分布在一个一百五十米长的古街道两侧，大多是砖木结构，四合院式设计，大多建筑有十八间房，故称"十八间"。古街两侧各有五条横巷，分布着五个古建筑群，六个朱氏宗祠，三十二间古庙面。

"十八间"当属典型的江南古建筑群了，黑瓦白墙，在夏天晴朗的天空下舒展着，重檐和那檐角兽头投下巨大的阴影，使得一切显得更加沉重厚实。

"廉让之间"建于清道光二十九年（1849），是河阳所有古民居建筑群中最精致、设施最完备的封闭形的"十八间"。它有独立的自用水井，整幢建筑分前厅、后堂、伙房、猪舍、厕所几部分，共计三十五间。外墙字画古诗保存十分完整，房内木梁木柱上方全是精致的木雕，木雕动物栩栩如生，龙飞凤舞，若仔细看，甚至可以看见菜叶上停有小虫。木雕窗户方格子细如筛洞，手指不入，雕刻技艺之高超，让人惊叹不已。前厅是主人的住房，后厅是长工和佣人的住房，等级分明。整幢房子有许多细微之处可以琢磨，如中堂的横木栏板是收租时堆谷子所用，大门上有四个不同形状的小孔，代表了月亮上下旬的变化。

其余的"十八间"古民居建筑也很有特色，有的古宅第大门前筑有"圆洞门"，像现代的园林建筑，门上写着"耕读家风"等字；有的集明、清、民国初各个历史时期古建筑的风格为一体，这是后来在修缮过程中逐步形成的；有的样式一模一样，其中以"忠厚传家"为中心的三座"十八间"为清代嘉庆时缙云首富朱翰臣在一年中同时建成，故称"三院同春"……

当我们惊诧于"十八间"完美的民间艺术时，走过河阳村头，你不得不为位于此地的八角亭祠堂里的"牛腿"惊奇。

八角亭祠堂始建于1858年，费时四年，单采石工就花了七万六千多个，雕工六万七千多个，雕砖样式七十二种。据说主人朱虚竹以经营土纸、靛青染料发家成缙云巨富，有田产五千五百亩，在苏州有店面一百二十间。该祠堂大门内下厅建八角亭一座，戏台一座。整座祠堂雕梁画栋精美豪华，木雕、石雕、砖雕技术高超，其中尤以戏台四周柱上的"牛角"雕工最为精美，其上人物、鸟兽、花卉栩栩如生。此前，我们在河阳古民居的一些柱上仔细观看过一些"牛腿"，我们竟没有发现任何两个题材、造型相同的"牛腿"。而八角亭祠堂里的"牛腿"应该属于出类拔萃的雕刻了，它们的美深深地震撼了我们。祠堂天井一式卵石铺就各种各样的图案，有梅花鹿、狮子扑球、寿字、花朵。据说一斤卵石要用一斤白米换来。下厅大门内有一对青色石鼓，光滑异常，是用了三竹篾铜板手工磨制而成的，人称"户对"，门上有一对木雕称为"门当"，合称"门当户对"。

河阳现有大小祠堂十五个之多，光宋代的就有五座，这些古祠堂建筑精美，雕工精细。

来过此地的许多专家称，河阳古民居是民间艺术中的一大瑰宝。

人文

走过河阳，我们发现整个河阳就如一个巨大的近代民俗博物馆，无一处不生动，无一处不凝重，无一处不写满历史。

其实河阳写满江南古民居历史的同时，也写满了丰富的人文历史。

在一家"十八间"大门前的房套的附属建筑上写着"循规映月"四个大字，是嘉庆年间房主人朱锡田写的。他写这四个字有一段有趣的故事：朱锡田是一个备取生员，才学不及其他四个姨夫。在丈母娘70大寿时，受到另外几个姨夫的侮辱，回家后立志练字。他叫来六个儿子轮流磨墨，天天练字，把房子门前一口池塘练成了墨池，书法大有长进。临终前一天，他才写了这四个大字。

在河阳答樵路上，马头墙上集中了30多个马头，集了河阳"十八间"古民居外墙建筑之精华。其路旁偏门上有三个圆洞，是太平军驻扎河阳时特意挖出来的，因清代人留辫子，他们把人抓来后，把辫子穿过小洞，互相系住，以防逃跑，故称"穿辫洞"，房内柱子上的刀疤是太平军磨刀后试刀时劈的。此民居西南角楼上有一谷仓，清代本族有一位小妇因忍受不了年轻守寡的痛苦，与人产生私情，被本族人发现，把小妇关在谷仓里。小妇忍受不了羞辱，绝食而亡。该大院答樵路旁紧贴墙根的围墙就是小妇死后为防魔鬼入宅而建的。

在河阳乘云路上有一"气象图"，其图案是铜钱模样，筑在门前路上，寓意是"钱进门"。由于制作时泥土和砖头浸过盐卤水，遇天气转变时，泥土还潮变黑，起到天气预报作用。

……

河阳的一切总是令我们魂牵梦绕。

傍晚时分，我们走在150米长的古街上，仿佛行走在清末或民国的一处南方小镇上。两边的店铺零零散散的，有的是小百货店，有的是小药店，有的是专门卖烧酒的小店……店主和乘凉的人们有一搭没一搭地说着话，想来彼此都很熟悉，谈论的是一些琐事，虽然如此，但他们的兴致非常好。只是听不见像孔乙己一样的人说"温一碗酒"的声音，也看不见像祥林嫂一样的苦命人。

　　暮色压顶了，河阳渐渐显得神秘起来。历史深处，我们似乎隐隐听到了"长亭外，古道边，芳草碧连天。晚风拂柳笛声残，夕阳山外山……"的歌声。

2003年8月8日

蓝蓝湖水　悠悠渔人

引子

很久以前，从龙泉到温州走瓯江水路的商旅香客都要经过云和县大源乡境内的渡蛟溪。这渡蛟溪旁边横卧着一个渡蛟村，与属于紧水滩镇的龙门码头遥相呼应。

那时候，渡蛟村非常热闹，打鱼的、卖山茶油的、开包子店的……还有几幢像吊脚楼一样的房子像小脚女人一样站在溪边。村上的女人和男人们一样穿着统一的老蓝色衣服，虽然衣服的颜色差不多，但喝溪水长大的女人水灵灵的，贴身的蓝花衣穿在她们细细的腰杆上，于是谁都能看到村上女人的风情万种了。

到了 20 世纪 80 年代以后，紧水滩电站建成，于是这里有了一个云和湖，这湖把原先的渡蛟村给淹了。大部分渡蛟村人变成了移民，搬到了外地。而另一部分靠打鱼为生的，把家安在水库边上，继续在库区打鱼，于是就有了现在 100 多人口的新渡蛟村。

如今的许多新渡蛟村人还是靠打鱼为生。晚上，男人出去打鱼，女人在家修补渔网；白天女人出去捕虾，男人在家晒鱼干。
纯朴的玉和县大源乡渡蛟村人依然过着一种古朴而悠然的生活。

（一）

划船要划水中央，打鼓要打鼓中间；

做官要做包青天，日伴阳间夜伴阴。

夕阳西下，远远地就听到渡蛟村的女人站在船头上唱山歌。
带我出去打鱼的渡蛟村民王克山告诉我说："女人们捕虾回来
了。"

我的目光穿过那片茅花丛，晚霞中，远远望去，半江瑟瑟半
江红的水面上，一叶叶小舟缓缓地从湖深处划出来。

"妹子，今天捕了几斤虾？"

对面的女人脆脆的声音传过来："不多哩，五六斤虾。怎么
了，克山哥，今天这么早出去打鱼了？"

"城里有客人跟我出来打鱼，就早点出来了。"

"回头到我家喝酒，我家孩子今天从城里打工回来，带回来
了一些下酒菜。"

"呦——好着哩。"

陪同我前来的乡干部小谢向我介绍说："这一带居住的都是
客家人。客家先民自两晋唐宋以来先后从中原辗转迁徙到了闽西
汀州，后来客家的子孙沿着汀江向粤东、闽南和浙西南一带扩展，
而我们云和境内的汀州人则是为逃避战乱，从福建省汀州府汀州

县一带辗转迁徙而来的难民。他们在瓯江沿岸垦荒定居，至今已有 400 年的历史。如今，他们还承传着独特的客家方言、民俗风情和文化艺术，既存中原古韵，又沐南国熏风，原汁原味，令人神往……"

说着说着，夕阳是那么一点一点地撤离水面的，远远看去，水面上有一种少女脸上羞涩的酡红。坐在一叶小舟上，听着船桨均匀的"哗——哗——"的声音，我被客家人的文化深深地吸引着。

"你们客家人为什么要晚上出去打鱼呢？"我好奇地问。

40 多岁的王克山的脸上被夕阳轻轻地温暖着，他说："白天库区里来往的渔船很多，我们撒下去的网容易被割破，因此我们晚上七八点钟出去沿着库区撒网，一般把网撒出去上千米，到十点钟回去睡觉，第二天凌晨一两点钟再去收网。"

说到这里，此时我们又听到了远远的山歌，王克山说，男人们都出来撒网了。

此时已是暮色四合，甜甜的情歌在水面上悠悠地回荡着：

十颗杨梅九颗红，杨梅树上挂灯笼；
更好灯笼要蜡烛，更好妹妹要丈夫。

（二）

水，水面平平听不到潺潺呓语。茅草如苍翠的剑戟，一排排戒备森严。

"哗——哗——"我帮王克山划着船，他一边撒网，一边和我对话。

"一天能打多少鱼？"

"由于打鱼的最佳时间过去了，现在一天只能打到七八斤青龙鱼。"

"村里打鱼最好的人一天可以打到多少鱼？"

"他们有时候一天打鱼可以赚到六七百元。"

"你呢？"

"我最好的时候，一天打渔可以赚 100 多元。"

"除了打鱼外，家里还有其他收入吗？"

"那就是山茶油，一年卖出去可以赚一两千元。"

"孩子呢？"

"都在山外打工。"

……

那晚月儿已瘦削了两三分，她迈着款款的步子从闺房晚妆才罢走出来。两边的山渐渐地远去，周围一片寂静，唯有蛐蛐的叫声不绝于耳。王克山的渔网撒好了。我、乡政府的小谢、王克山在这美好的夜晚里，各自躺在小舟里有一搭没一搭地想着心事。湖水涨起来了，带着茅花的气息，环绕村庄流过。

突然，王克山叫了一句："插花殿到了。"

"什么插花殿？"我不解地问。

小谢忙向我解释说："相传宋代有一位落难皇帝逃到瓯江边的桃花村，18 岁的美貌少女蓝春姑急中生智把他藏入闺房凉床，让皇帝假装久病卧床的丈夫，逃脱了坏人的追杀。这一事情被愚昧的村民当作是伤风败俗的事，姑娘在可畏的人言中写下了绝笔诗，吊死在樟树坪。后来，落难皇帝平定叛乱，班师回朝，派遣钦差大臣迎请姑娘做'护国娘娘'，得到的竟是姑娘的一首绝命诗：'天付红颜不遇时，爱人讥讽被人欺，今宵一死酬公子，彼此清白天地知。'皇帝悲痛欲绝，命人在瓯江边造庙祭祀，姑娘系黄花闺女，不受香火，只收插花祀奉，皇帝御笔亲书'敕封护国插花圣母娘娘'十字匾额。从此以后，从龙泉到温州走瓯江水路的商旅香客，都要停靠这座著名的插花殿，用四季鲜花奉供插花娘娘，祈求平安、健康、爱情和财运。"

小谢说着这些话，我似乎看到了面容姣好的蓝春姑从静静的湖水中飘出来，和着她长长的衣袖，裸露的双脚在洁白的石头上留下了款款温柔。

那一晚，王克山捕到了一百多斤鱼，他非常高兴，一定要邀我们到他家喝酒，说我们给他带来了好运气。

我和小谢很愉快地接受了。

（三）

我们打鱼回来的时候，早晨的太阳升起来了，血一样的红，湖面上一行白鹭上青天。

> 茶子开花满天红，有女不嫁打鱼郎；
> 青山二月又要早，九冬十月还要忙。

这时，渡蛟村的女人唱着山歌出来捕虾了。

> 茶子开花满天红，有女要嫁打鱼郎；
> 打鱼郎子情谊好，乐同妹子一起走。

男人们对着山歌把渔船交给了女人，女人背着一个个虾篓趿着拖鞋下船去了。

女人的身影越来越远，男人在岸边叫着："中午早点回来。"远远的回音在湖中回荡着……

我们在岸上看见：戴着斗笠的女人一边把前日放下去的虾篓打捞上来，把虾倒出，然后放上面粉和酒糟当诱饵再放回去。如果虾篓破了，换上带来的新虾篓。她们一边划船，一边放虾篓，动作非常熟练。伴着一叶尾舟，女人在湖边的茅花丛中若隐若现，远远看去，躬着背捕虾的女人，和着她们细细的腰，真是一幅最美妙的渔家女捕虾图。

小谢诗情画意地告诉我说：我们似乎看到了白洋淀的女人，而我们变成了孙梨笔下的游击队员……

来到王克山的家，他拿出了甜酒酿给我和小谢喝。我看着三大碗满满的酒，要一起喝光，犹豫了。

"进门先喝三杯酒，喝了酒便是朋友，你不喝酒就是看不起朋友。以客为家，客家人是非常好客的，喝了吧，否则不是朋友了。"小谢在一旁劝说着我。

盛情难却，不胜酒力的我只好喝下了这三杯酒，从此，我变成了客家人的朋友。

看着我红通通的脸，王克山拿出了最好的鱼干要送给我。我按市场价付给他钱，他坚持不要……

"其雨其雨，杲杲出日"，太阳有三竿子高了，王克山在院子里忙着剖鱼，晒鱼干……他仰起头就能看见湖里捕虾的妻子，也能看见地里的庄稼；而那在山水相映的湖中捕虾的坚毅的妻子在擦汗的瞬间，一转眼也能看见家中晒鱼干的丈夫和蹲在家门口的小狗……

湖对岸，"喂——"，"阿爸，把船开过来——"王克山的儿子从县城买回来了新手机，远远地叫着。王克山忙放下手中的鱼，划着另外一条船去接儿子去了。

后来我知道，这里每户人家都有一条小船，小船成了最主要的运输工具，这里反而看不到自行车、摩托车等交通工具。

中午时分，当我离开渡蛟村的时候，在龙门码头碰见了渡蛟村捕虾的女人在卖虾，她们以每斤5元的价格统一卖给了来收购的外地贩子。她们朝我嘿嘿地笑着，笑声如同她们水灵灵的眼睛，一直在我心中回荡……

走向世界的田鱼文化

2005 年 5 月，联合国粮农组织首次在世界范围内评选出了五个古老的农业系统，作为全球农业文化遗产进行保护。作为有着1200 多年历史的农作方式，青田县方山乡龙现村的稻田养鱼成为亚洲唯一的入选项目。

6 月 10 日，联合国粮农组织官员莫纳专程赶到青田，把等同于世界文化遗产的"全球农业文化遗产保护项目——稻鱼共生"的牌子授予青田县方山乡龙现村。由此，青田田鱼名副其实地走向了世界，而龙现村成为世界农业文化遗产在全球第一个挂牌的保护区。

清晨 5 时，朝霞泛红，远山薄雾缭绕。

吴亮镕准时起床，第一件事就是下地看鱼。现在正是 6 月，他的水田里都蓄满了水，成千上万尾五彩缤纷的田鱼在刚插上秧苗的稻田里悠闲地游动着。

吴亮镕是青田县方山乡龙现村村支书。

田鱼是青田县著名的特产，而吴亮镕在稻田里养鱼的方式也是一项古老而实用的农业养殖方式。在我国，这种养鱼方式仅在浙江、江苏、广西等很少的区域存在。

龙现村四面环山，林木茂密，梯田层层，云雾缭绕，令人仿佛进入仙境。其南面有海拔 1164 米的奇云山，风景如画，集江南之秀丽。山顶有 5000 亩草坪，是浙江省第二大草原。

由于历史渊源，龙现村是青田华侨的发祥地之一，在清末就有人去欧洲经商。而那么长的华侨史都是因为青田县穷，山多石头多，地本身不好种，年轻人就想着到其他地方去发展。当初的稻田养鱼也是因为水田面积有限，稻鱼共生可以节省空间。

据当地老辈人讲，龙现村原名"坳前"。相传在远古，龙现村有位貌如西施的村姑在村口的龙潭边浣衣，发现潭里有两个小小的龙蛋，小巧玲珑。她拾起龙蛋，含在嘴里，结果一不小心把龙蛋吞到了肚里。十个月后，村姑的肚里蹦出了两条小龙，一条飞到了天上，一条飞到了海里。村姑去世后，两条小龙为了纪念母亲，经常回到龙潭，给村人带去吉兆。于是村人把村名改为龙现村，每年到龙潭祭拜。在龙潭里有许多小鱼，五彩缤纷，非常漂亮，于是村人把小鱼带回家养着观赏。小鱼渐渐地长大了，村人发现这小鱼很好吃，就越养越多，最终养到了田里，于是就有了现在的田鱼。

听着美丽的传说，我们似乎看到了当年的村姑款款地走向龙潭浣衣。

在吴亮镕的陪同下，我们在村里悠然地走着，每碰到一位村人，他们都会善良地朝我们微微一笑。我们走着走着，就惊奇地发现每个古老的大院门口都有一条水沟，水沟里养满红的、白的、黑的等色彩缤纷的田鱼。大院与大院之间地下的水是流动的，从上面一个院落流到下面一个院落，再流到下面一个院落……我们还可看到缓缓流动的清水从房子底下冒出来，整个山村的大院似乎浮在水上。没有大院的单门独户，他们的房前必然有一口水塘，约一尺见方，都养上田鱼，想吃的时候就可以捞上来一条。

正在此地考究的中国科学院农业政策研究中心教授胡瑞法向我们介绍说，在一个大山深处，像这样"有水的地方就有鱼，家家户户门口有水塘，房前屋后都养鱼"的山村在全国很少见。

这简直是个神奇的山村。

我国稻田养鱼源远流长，《魏武四时食制》一书中记载："郫县子鱼黄鳞赤尾，出稻田……""子鱼黄鳞赤尾"即"鲤鱼"，距今已有 2000 多年之久。

青田县的稻田养鱼自唐睿宗景云二年（711）置县以来，就有养殖，至今已有 1200 多年。清光绪《青田县志》中有"田鱼，有红、黑、驳数色，土人于稻田及圩池养之"的记载。这是有关青田田鱼养殖的最早文字记录。

其实，青田人民在长期的田鱼养殖过程中形成了独特的田鱼文化，并渗透到生活中的方方面面。

在采访中，我们在青田各地的庙宇、祠堂中都可以看到田鱼的身影，如距龙现村不远始建于唐朝的"悟性禅林"，它主殿上的压檐瓦就是田鱼图样。同样的图样还出现在方山乡邵山村的庙宇山门上。

青田的元宵灯会上有"鱼灯舞"。青田鱼灯以青田田鱼和瓯江鱼类为原型，制作 13 盏鱼灯，伴以打击乐器和唢呐，表现鱼类生活习性，元末为刘伯温练兵所创。1984 年国庆，青田鱼灯赴杭州参加中日青年联欢演出；1999 年进京作为共和国 50 周年大庆的献礼，获得"中华第一鱼"的美称。现每逢节庆活动，全县各地以各种鱼灯舞表演来展现热闹喜庆的场面。

青田田鱼是青田石雕艺术的一个重要题材。在青田石雕众多的雕刻题材中，对青田田鱼的描写、赞美是一个永不枯竭的话题。大的有"田鱼戏水""稻鱼丰收"等摆件，小的有"嬉鱼"等挂件。

民间有"方山田鱼塘，山口读书行"之说，说明在山口和方山，养田鱼是和读书一样普遍、历史久远，并受到重视的。

在龙现村，养田鱼就是村民生活中的一个重要组成部分。村里人女儿出嫁，有田鱼（鱼种）做嫁妆的习俗，象征热爱劳动和致富。

田鱼还深深地融入了青田人的饮食礼仪文化中。鲜田鱼的烹饪方法有红烧、糖醋、清炖等数十种，"田鱼干炒粉干"成为青田的地方名菜，形成了独特的地方风味，是待客首选菜肴。同时，青田农户很早就有木炭熏晒田鱼干的传统。清初青田商人出国谋生，以贩卖青田石雕为主，带上青田田鱼干，逢年过节，请客送礼，视为珍品。

正由于此，养殖田鱼历史最悠久、水质和土壤最适合田鱼生活的龙现村于 1999 年被国家海洋总局认定为中国田鱼村，村口有费孝通的题字。

龙现村现有农田 396 余亩，水塘 140 多个，具有得天独厚的养殖田鱼优势。现在正是 6 月中旬，杨民康的 20 多亩田里有成千上万尾田鱼在稻田里缓慢地游动着。他是龙现村最大最有名的养鱼大户。

杨民康说，田鱼除了食用及卖钱，村里也有人纯粹因为喜欢而养鱼，他们都是些年迈的老者。有些鱼养了十年、几十年了，也就有了感情，不吃也不卖。

据村里人说，最老的一条田鱼曾养了 70 多年，重 7.5 公斤。这条鱼的主人叫周汉超，他是周家的大才子，一生未娶妻，爱鱼如命，大有以鱼为妻的味道。他于 20 多年前去世。据传他 10 岁左右时养这条鱼，他死时，60 多岁了。临终前，他把这条鱼委托给邻居寄养了 20 多年。后来这条 "老态龙钟" 的大田鱼于 1997 年一个月明星稀的夜晚悄然离世。村人把这条鱼 "隆重" 地埋葬在周汉超坟墓旁边的小黄松下，如今的小黄松已经是枝繁叶茂了。

悠悠历史，浩浩荡荡。

田鱼在龙现村民眼里，不只是一种生活方式，更是一种文化形态。

龙现村历代村民引泉灌溉，水无污染，土壤结构松散，富含矿物质，适宜田鱼生长。

田鱼的营养价值高，据浙江省医学研究院测定：鲜田鱼可食部分含粗蛋白 15.96 克 /100 克，粗脂肪 1.66 克 /100 克，微量元素铁 43.84 微克 / 克，铜 2.98 微克 / 克，锌 43.3 微克 / 克，氨基酸 15 种。

而青田田鱼中，尤以龙现村最有名。为什么这样说呢？龙现村村支书吴亮镕告诉我们说:"一是品种纯,这里的田鱼是正宗的田鱼苗;二是水土好,就是因为龙现村的水土好,所以田鱼鳞片都是柔软的,可以吃。同样的鱼苗放到外地去养,鱼鳞就会慢慢变硬;三是这里的田鱼不吃饲料,吃的多是稻谷、小麦等粗粮。"

其实龙现村田鱼的产卵方式也与众不同。每年3月,三年以上的田鱼就开始产卵了。每户人家就得上山去砍柳杉枝,砍回后放在自家的水田里。阳光明媚的上午,雄鱼就开始追逐雌鱼了,雌鱼躲来躲去,雄鱼也就追来追去。最后雌鱼没地方逃,就躲在柳杉枝里产卵了,雄鱼刚好追上来,让雌鱼刚产下的鱼卵受精。几天后,村人就把柳杉枝捞回家里。在风和日丽的日子,放在太阳底下,洒一些水,拍一下柳杉枝;拍一下柳杉枝,再洒一些水,如此往复。三天后,就可以把柳杉枝上的鱼苗放回稻田里,过几天就有成千上万条小田鱼出生了。

龙现村的养鱼大户每天选择上午8时和下午3时用麦麸、米糠等天然饵料喂鱼。其实龙现村很多人养鱼是不喂的,任由它在田里觅食。如果你仔细观察,鱼在田里找食物,鱼搅动水体,翻动泥土,"就像牛在耕地"。

这种古老而实用的养鱼方式正被联合国粮农组织所关注:水稻可为鱼类提供遮阴和有机物质,鱼类又可以为水提供氧气,吞食有害昆虫,有益于养分循环。

联合国粮农组织从2003年开始,组织了对全球重要农业文化遗产(简称GIAHS)保护项目的申报工作,中国科学院农业政策研究中心将我国的稻田养鱼技术进行了申报,并建议候选保护点为青田县的龙现村与贵州省丛江县的增冲村。后经联合国粮农组织首批农业遗产保护委员会投票，在全球数十个申请项目中，青田县龙现村的稻田养鱼排名第二，被列入首批全球农业遗产保护项目。

按照粮农组织的解释，世界农业遗产属于世界文化遗产的一部分，在概念上等同于世界文化遗产。世界农业遗产保护项目将对全球重要的受到威胁的传统农业文化与技术遗产进行保护。

6月10日，联合国粮农组织官员莫纳专程赶到青田，把"全球农业文化遗产保护项目——稻田养鱼"的牌子授予青田县方山乡龙现村，由此青田田鱼名副其实地走向了世界。龙现村成为世界农业遗产在全球第一个挂牌的保护区。

为了保证该项目成功启动和顺利实施，农业部国际合作司和种植业管理司、中国科学院自然与文化遗产研究中心、省农业厅、青田县人民政府等项目合作单位于日前在杭州召开稻鱼共生系统世界重要农业文化遗产项目启动研讨会，就有关稻田养鱼文化及技术系统的研讨、确定项目实验阶段的工作计划和如何启动保护项目做了深入详细的探讨。

年轻的 Boerma David 是联合国世界重要农业文化遗产系统中心的官员，他直接参与此保护项目的执行。Boerma David 告诉记者说："联合国将投入一定资金和技术保护龙现村稻田养鱼，强调加强农民和农业组织保护和持续管理这些农业文化遗产的能力。通过保护，使农业文化遗产得以延续，并且激励农民创造更多的生态农业模式，从而为全球农业文化遗产保护提供知识共享的经验与平台。"

　　由此，青田田鱼文化引起了全球人的关注。

　　由此，青田田鱼文化走向了世界。

刊发于2005年《丽水日报》

丽水方竹　中国一绝

晨露唤醒梦想，朝阳一洒，竹叶上便升起一朵一朵小水花。

每天早晨起床，有土秀才之称的叶文高点上一支香烟，站在家门口美美地欣赏墨绿墨绿的方竹，用耳朵仔细倾听方竹熟悉而又均匀的"呼吸"。

叶文高脚下朦胧的大山像沉默的父亲，依然在沉默中守望。近处竹的阵阵清香，仿佛从唐诗宋词的古韵里悠然飘来，渗入叶文高点点滴滴的生活里。那随风飘荡的一棵棵方竹秀丽清纯，如一对对多情的情人，风情万种。

叶文高是景宁畲族自治县东坑镇杨斜村人，是一位痴情的竹痴。

其实叶文高只是村里竹痴的一位代表。

为什么这样说呢？

因为当你有一天走进杨斜村的时候，你会惊诧：这个六百多人的村庄，房前屋后、田里地里、高山上，满眼都是苍翠欲滴的方竹。而且近几年来，上海、苏州、杭州、温州等城市的园林专家络绎不绝地来到这个神秘的村庄"淘金"——买方竹，且纷纷赞叹说：景宁方竹，中国一绝。

方竹是什么？

何谓方竹？

流传千年的引人入胜的故事，让我们看到了竹子的真善美，看到了竹子的高风亮节。

"龙竹有异种，聚族君山阿游人。入山问方竹，老僧为指西南坡……"这是明朝吴启茂赏方竹吟下的诗句。《中国主要植物图说》称方竹为"竹笋之冠"，笋中之王，世界一绝，中国独有。

方竹呈青绿色，小型竹竿呈圆形，成材时竹竿呈方形，竹节头带有小刺枝，小苗 0.5 米有竹叶，大苗 2—3 米有竹叶，绿色婆娑成塔形，青翠欲滴，华丽高雅，以其独特的竹种和清幽脱俗的品质深受人们喜爱。笋芽尖尖如芦笋，清香美味为盘中佳品。当方竹笋萌发时，可以感到大自然的美好风光，几条竹笋并排破土而出，在四季常绿的竹叶衬托下，充分展示万象生机，使人如沐春风。

据专家考证，浙江方竹始于景宁，景宁方竹始于杨斜村。

杨斜村为什么有方竹？

相传一千多年前，杨斜村附近有一宝洞山，宝洞山的一岩壁上有个洞。洞里有一件宝，晚上会发光，眼睛无论生了什么病，发出的光一照就好。

有一天，有一个外地来的采宝客看到这种宝发出的光，他恨不得马上把这种宝采到手。

第二天早上，采宝人到岩脚边，面对着陡峭的岩壁，用 10 股麻绳往岩壁的一块岩头上一套，套住了。采宝人准备顺着麻绳爬上去采宝的时候，听着隔山有人叫："采宝客，采宝客，你10股麻绳断了9股了。"

采宝客转身一看，隔山有个头发雪白的老倌，再看上头麻绳上有一只白老鼠在咬，10股麻绳被咬断9股，采宝人歇了歇，另外用了10股麻绳套在岩壁上，又想顺着麻绳爬，隔山人又叫了起来："采宝客，采宝客，你10股麻绳断了9股了。"采宝人转过头一看，隔山又有一个头发雪白的老倌，转过去一看麻绳，又有只白老鼠在咬，10股麻绳又断了9股。

采宝人想想，或许是土地公作怪，只好等明日再去采。

第三天早上，采宝人没有从岩脚爬上去，而是把10股麻绳缚在岩背的松树上，麻绳的末端缚着一个菜篮，准备装进菜篮里落下去。正在这个时候，忽然隔山又有人叫："采宝客，采宝客，你10股麻绳断了9股了。"

采宝人装作没听见，坐在菜篮里慢慢落下去，到了岩洞，拿到一块雪白雪白会发光的宝石，刚准备上来时，麻绳断了。采宝人摔到岩脚就摔死了。宝物呢？也不知逃到哪里去了。

菜篮直往岩脚掉，掉到半途，散了开来，一条条方方的竹竿插在地上。第二年生出一种从头到尾竹竿都是四方的竹子来。当地人把这种竹叫"四方竹"。据说这种竹的片熬成汤，还可以治眼病。

至于那个老倌、白老鼠，有人讲是土地公变的。土地公一次次地警告采宝人。采宝人还是想采宝。土地公就收了宝，弄死了采宝人，把菜篮四四方方的篾条变成了"四方竹"，警告来人莫心歹。

这只是个流传千年的传说，是真是假？是个谜！

后来，我们查阅了中国所有的方竹史，其中都没有杨斜村的这个故事那么吸引人。

一部方竹史就是一部神奇的故事，杨斜村的方竹故事流传到今天，越演绎越有魅力。

碧绿的竹林里，棵棵婀娜多姿的方竹如同楚女热烈而又羞涩的回眸，惊起阵阵鸟鸣，勾起小燕子在微风徐徐的竹叶中穿梭。我们悠闲地走在杨斜村的村道上，前前后后满眼都是方竹。

在我们去杨斜村的那天，由于刚刚下过雨，天气显得很阴暗，但丝毫没有影响我们赏方竹的兴致。在镇干部和村干部的带领下，我们点点滴滴地听着关于方竹的故事。

据说在很久以前，很多杨斜村人在外面做生意，常年不能回家，家中夫人思念，就经常站在院子的竹子底下摸着竹子思念着丈夫。久而久之，原本方方的竹子就变得越来越方，所以方竹在杨斜村也有相思竹之称。

村里有老人说，只要在方竹林里捡起一片落叶，在叶子上写上你心爱人的名字，那么你和心爱的人就会永远在一起。当然这又是一个传说，可是我们同行的几个人，却还是不约而同地忙活了起来……土秀才叶文高看见我们忙得不亦乐乎，悄悄地提醒我们：只可以捡一片叶子，多了就代表三心二意了。

没听完，我们一群人就哈哈大笑。

我们边说边走在杨斜村的村道上，仔细伸长耳朵听，我们随时都可以听到历史的竹涛声在耳畔响起。

听杨斜村老辈人讲，在抗日战争时期、自然灾害时期和"文革"时期，方竹救了许多村里人的命。因为在那个时期，杨斜村的方竹笋成了救命粮。

方竹笋的营养价值是很高的。明朝李时珍在他的《本草纲目》一书中记载："竹笋方而厚，性硬、脆，专蓄此笋，常食之，有延年益寿之功效。"经当今科研部门检测，方竹笋中蛋白质含量12%，脂肪0.4%，粗纤维8%，还含有丰富的氨基酸、钙、铁、硒、锌等多种微量元素和维生素B、维生素C等。食之则有助于人体肠胃蠕动、促进消化，对减肥、美容和防治肠胃及心血管疾病有一定作用。加之方竹笋质嫩肉厚，色美味鲜，略带苦味，非常适合现代生活口味，堪称山珍佳肴。

由此可见，方竹是竹中的一绝，而景宁方竹更是中国竹中一绝。为什么这样说呢？

其一，竹子在分类学中属于禾本科植物，全世界约有850个品种，我国共有664个品种。它按大小一般分为大型竹、小型竹、微型竹；从生长特性可以分为丛生竹、散生竹、混生竹。但不管怎么样划分，通常的竹子是多圆筒形的，而杨斜村的竹子却很奇特，整个竹竿从下到上均是方形的，而且用手触摸，感觉更加明显，这就显得稀罕和珍贵了。

其二，方竹在国内一些地方也能见到，但像杨斜村有这么悠久历史的方竹却十分罕见。从史料上分析，杨斜村方竹已有近千年的栽培史了。一棵竹子的本身寿命并没有这么长，它靠一代又一代的自然繁殖不断更新，老残淘汰，新竹竞长，年年岁岁，永续利用。

其三，一般竹笋都生长在春季，而杨斜村方竹笋笋期都在秋季（9月中下旬至10月中旬），正值蔬菜和鲜笋供应淡季，方竹笋鲜嫩，味微苦，非常适合城镇居民口味。

其四，杨斜村方竹是很有个性的方竹。多年来，杨斜村人无论怎么种方竹，方竹都可以成活。甚至把竹叶摘光，留下竹竿，竹竿照样可以成活，长出鲜嫩的竹叶来。有时取一段方竹片种下去，也可以长出鲜活的方竹。但是，临近的村庄怎样种方竹，无论成活率都很低。这至今还是个谜。

其五，杨斜村的方竹不仅来历复杂，而且更有它的自然景观美。你看：它的竹竿亭亭玉立，婀娜多姿，竹枝、竹叶临空横展，飒飒有声，竹笋造型精巧，玲珑可爱。它的竿色金嵌碧玉，色彩多变，耀人眼目。它的习性经冬不凋，四季常青，绿意盎然，神韵潇洒，表现出浓厚的风韵美。它集刚毅、坚贞、顽强、挺拔、清幽于一身，具有强烈的象征意义。

杨斜村方竹因其被誉为竹类珍品，成为城市绿化、园林艺术配景的上好品种，成了村民的"摇钱树"。

1985年，景宁畲族自治县首次开展森林资源调查，发现了杨斜村的四方竹。由于野生资源较少，一直没有引起有关部门的重视，当地农民只在出笋时上山采摘，任其自生自长。

近年来，随着人民生活条件的不断改善，园林绿化树种选择的多元化，方竹开发利用越显得有价值。2002年到2003年，我省毛竹之乡安吉及景宁周边县市，以每株母竹10元的高价收购种竹，方竹资源开发利用才被提上议事日程。

这时候，景宁县委领导多次前往杨斜村现场调研，要求林业、科技等部门要把这一特色种竹发扬光大。2003年，景宁县科技局将"方竹生物适应性研究"列入重点研究项目，并向省科技厅申报，2004年"方竹资源开发利用技术研究"列入浙江省（一般）研究项目（计划编号为2004C32065）。这时候，杨斜村方竹已作为一个产业进行推广，并通过毛竹协会的运作，使杨斜村的竹业发展逐步走上了组织化、市场化、品牌化、科技化的轨道。并及时抢注了"东坑方竹"商标，为创立品牌走出了第一步。

"以前我们在村后的宝洞山上看到这种形状四方，出笋期在九月份的竹子，只是觉得好奇、好看，许多村民挖回家种在厅前院后，作为观赏。"杨斜村村民季隆根介绍说："我从2004年开始种植2亩方竹，通过卖竹苗、竹笋，先后已经有6000多元的收入了。同时，我不断扩大种植面积，到现在已经有6亩多了。根据方竹三年成林出笋的生长过程，到明后年，我将有更多的竹苗、竹笋出售，到时收入将大大增加。"想到方竹给自己带来的经济效益，季隆根满心欢喜。可是，他也向我们讲述了一宗非常遗憾的生意。"前年，瑞安一位客商找到我，要一次性购买10万株方竹，10元一株，可是我拿不出这么多方竹。"一想起这笔本可彻底改变自己今后生活状况却未做成的大买卖，他就懊悔不已。"早知道我就种多些，也动员大家多种点了。"

为鼓励村民发展方竹产业，东坑镇出台了一系列优惠措施：2007年每户新开发基地至少在0.5亩以上，严格按照每亩80—100株左右的标准种植，成活率达到80%以上的，每亩奖励启动资金200元，第一年验收后奖励抚育资金每亩100元，第二年补贴化肥每亩200元，散种的按每株两元奖励；2007年之前种植的每亩奖励 400 元。

　　"现在，杨斜村房前屋后的方竹林已经有 100 多亩了。随着方竹林的逐步扩大，方竹成了杨斜人的'摇钱树'。相信过不了多久，丽水人的餐桌上将会出现新的美味竹笋——方竹笋。"土秀才叶文高边说着，边吟诵郑板桥《咏竹》的诗句目送我们离去：

枝长叶少，枝短叶多。

世间如此，英雄奈何。

不是春风，不是秋风。

新篁初放，在夏月中。

能驱我暑，能豁我胸。

竹称为君，石呼为丈。

赐以佳名，千秋无让。

空山结盟，介节贞朗。

五色为奇，一青足仰。

探访松阳老井

"水井如同珍珠一般，撒满了小巷的角角落落……"这是一位作家对水井的描述。

那弯弯曲曲的弄堂，七拐八弯的院落，苍老遒劲的老树，冬暖夏凉的井水，给许多人的童年生活留下了深刻的印象。

随着这几年旧城改造步伐的加快，小巷和水井日渐消失。对此，我们总感觉到有一种淡淡的忧伤，心中仍离不开记忆深处的老井，还有那种说不清道不明的"小巷情结"。

站在兰雪井旁，我们依稀看见了七百年前的张玉娘向我们款款走来。

兰雪井位于松阳县城官塘门外，远远看去，凄凉楚楚。

我们走近兰雪井，这是一口圆形井圈护着的水井，井深约十多米，由于年代久远，井壁已成灰暗色，苔藓覆盖，井里有水，但扔满了垃圾。原先井旁有一片枫林，黄灿灿的，还有一棵苍翠欲滴的冬青树，风景一片独好。然而如今，唯有冬青树与兰雪井厮守了。

从远处看，这是一口普通的井，但这口井有不普通的故事。

据当地人传说，与李清照、朱淑真、吴淑姬并驾齐驱被誉为宋代四大女词家之一的张玉娘，其母亲怀上她之后，有一天兰雪井水涨溢，张母近井汲水，俯身连喝三口，水位顿时回落，不久便生下张玉娘。此后，每逢镇上有贤人出，井水便自行涨溢，待怀有贤人的母亲到井边喝三口水，水位便回落原处。在松阳，这个神奇的故事一直流传至今。

有记载，井旁原先有一古墓曰"鹦鹉冢"。"鹦鹉冢"为何会建在兰雪井旁？

据史料记载：张玉娘与表哥沈佺相恋，但张家百般阻挠，沈佺一气之下，狠心读书，于南宋咸淳年间考中榜眼，不幸由于劳累过度而疾，命绝于22岁，张玉娘守情六年，闻之绝望而死，与沈佺同葬。丫鬟紫娥、霜娥为张玉娘悲痛而亡，相伴张玉娘的鹦鹉亦悲鸣而死。于是原先的枫林地出现奇特墓群，中是沈佺与张玉娘合葬墓，左冢紫娥、霜娥，右为鹦鹉，人们为这松阳的"梁祝"所感怀，称此墓为"鹦鹉冢"。张玉娘有遗作《兰雪集》传世，后人为了纪念张玉娘，就把旁边的水井改名为兰雪井。

红颜薄命，昙花一现。如今有七百多年历史的兰雪井站在春风中，像一位苍老的老人诉说着沈佺与张玉娘相恋的故事。穿过时间的隧道，我们仿佛看到了张玉娘挽着衣袖在井边浣衣、思恋沈佺的情景。

当地的居民说，兰雪井七百多年来不衰不竭，惠泽一方百姓。如今居民生活好了，都用自来水了，兰雪井也在一旁休息了。

我们离开兰雪井的时候，看见它的上面有一圈淡淡的红光，莫非是美人的"翠袖染啼红"所致？

> 官塘门的井，
>
> 永康人的饼，
>
> 小妹子的床，
>
> 金水儿的塘。

这是流传在松阳县民间的一句顺口溜，意思是官塘门的井水和一位永康人做的饼、一位叫小妹子的人做的床、当地大地主金水儿挖的塘齐名。

官塘井位于松阳县城官塘路，据传有上千年的历史，被称为松阳第二泉。

我们走近官塘井的时候，夕阳正涂抹着它，像几条金色的线条照在被磨得发亮的井沿上。旁边一位老大爷正悠然地吸着烟，几位妇人不时地拎着水桶前来提水。

其实官塘井就在路中间，路是狭小的，像一条绳。路的左边只容一辆拖拉机开过，右边路稍微窄一点，但这一切都不影响井水甘洌清爽，泽沛千秋。

井旁有一音响店，主人就把之叫为水井坊音响店。主人是一位年轻妇人，长得如井水般水灵灵的。据传这个房子是她的祖辈留下来的。她的母亲在隔壁开着另外一间百货店，店虽小，但百货俱全。老人听闻我们是特意赶来看井时，就非常热情地叫女儿打一桶水上来给我们喝。我们用手一摸，水凉凉的，喝到肚里，一股甜味和清爽慢慢地传进五脏六腑。

"水好喝，醉人。"我们说。

"那当然，你瞧，我的牙齿白白的，就是喝这个水长大的。"年轻店主声音清脆地告诉我们说。

"去年夏天，一位松阳人带着几位杭州人路过此地。一听说这是一口千年老井，杭州人马上叫我拿来水桶，亲自打了一桶水，捧在手上喝。喝完，连呼几声'甜、甜、甜'。年长的杭州人对愣在旁边的松阳人说：'快点过来喝几口千年古井里的水，会带来好运气的。'几位杭州人喝完，倒掉瓶里的矿泉水，装满了千年古井水，带回杭州去给家里人喝。临走前，他们纷纷说，'千年古井水比矿泉水好喝多了'。"老大娘很自豪地告诉我们。

旁边的老人还告诉我们，自来水没装起来之前，起床的第一件事情就是去井边挑水。因官塘井的水质很好，每天来挑水的人很多，井的右边和左边各排起了四五十米的"长龙"，左边的人挑好水后，右边的人再挑，轮流替换。大家为了早点挑到水喝都起个大早，甚至凌晨一点钟起床赶来，把水桶放在井边排队。

现在每家每户虽然都装了自来水，但是每天还有许多人前来挑水。

"官塘井呦——醉人！"

据悉，松阳第一泉为月蔼井，在县城东边，由于旧城改造，如今已经消失了。无可厚非，官塘井也由第二泉变为第一泉了。

拾级而上，路却没了。只好问旁人偃月井在哪。

旁人说偃月井就在前面。

我们只好再往前走，倏忽之间，扭头发现在一面竖起来的墙下腾腾冒着一团热气，热气上升，在半墙之上凝成淡淡的云雾。

旁人介绍说："那就是偃月井。"我们忽然想起来之前在县里的档案馆里，查到顺治年间的《松阳县志》中记载：

半壁净冰乳，悠然眼界空。
桃花丹井外，松雨白云中。
山郭依杯静，溪流入响雄。
坐来无一虑，翻笑去匆匆。

这是清代处州司理赵霖杰描写偃月井的一首古诗。此诗大致反映了偃月井一带是休闲饮茶的好去处。

偃月井位于松阳县城西屏山南面的松阳县委党校内，它是一口六角形水井，由于年代久远，井圈已被毁坏，外加了一层水泥糊着。井深约十米，井壁卵石砌成，成灰暗色，壁缝苔藓覆盖，卵石间长出的几棵"金鸡爪"野草使水井显得既古老而又充满生机。虽然学校已不饮此水，但仍然可见它清冽可人。

为何此井叫偃月井？

我们那天去时，月亮刚好露脸，忽然想起了清代诗人胡世定为偃月井写的一首诗：

泉与月相映，月因泉益寒。
玉钩分湛露，冰液佐烹兰。
光滴蟾蜍冷，香清桂果残。
松风初动处，凝是广寒餐。

读了胡世定这首诗，我们不难猜出古人为何把此井取名为偃月井了。

偃月井"隐居"于松阳城外。而被称为松阳第一泉的月蔼井（又名叶庵井）如今已不存于世了。据县志记载，月蔼井建于清代，为邑中第一泉，且被定为文物保护点，它的消失显然是很让人遗憾的。也许偃月井正因为是"隐居"于一隅而幸免于难吧。

随着我国城市化进程的加快，古井越来越少了。井的消失也许是一种进步，但消失的井亦是一种文化的消失。

站在偃月井头，我们在想：它还能和我们相处多长时间呢？十年，百年，还是千年？我们就不得而知了。

但值得欣慰的是，我们仍然可以用文字来怀念它。离开它时，我们又想起了赵霖杰的另一首描写偃月井的诗：

> 扶筇寻偃月，爽籁发新秋。
> 濑石尘襟尽，焚香竹影浮。
> 每招云绕屋，坐到月窥楼。
> 方觉山无限，天风满树头。

刊发于2003年《丽水日报》

紫荆花开始说话了

惊蛰刚过，惊雷刚敲，朋友纷纷打来电话，富岭的紫荆花开始说话了。

紫荆花，梦中的紫荆花。这两年都有朋友提起富岭的紫荆花，说那里的紫荆花像赶春的时尚模特，早早地撩拨出嫩嫩的花蕾。见人们急不可待地踮起脚尖，就咔吧吧地摇出一簇簇紫红的花儿，一点儿也不害羞，热热闹闹地擎高了三月的天空。

我之前没有认真地看过紫荆花，虽然在家附近的小区里见过几朵，但没有让我很认真地牵肠挂肚过。朋友们的一番话，不禁使我对紫荆花有了绵绵的相思。可是前段时间，春雨未许人同意，就不依不饶摸着"年"的脚跟儿飘飘洒洒奔来了，而且是那么经久不息。隔着玻璃窗，我只能忆忆诗句：南海火云连仲冬，紫荆垂蕊胜芙蓉。此花楚国不曾有，曷染相思枝上浓？

三月九日，春雨"浇"了我们半个多月后，迎来了非常可爱的阳光。一早，单位的张美女就邀我们去观赏相思已久的紫荆花。我们的心早已关不住了，一伙人一呼百应，吃完中饭，直往莲都区富岭街道叶村行政村巾山下自然村飞奔而去。

下车。

一伙人沿着巾山下自然村的山路拾级而上。

几声鸟鸣和着温暖的春光悠悠地传来，我感到有一种东西十分真切地逼近。花香，是花香，伸向远方的路，在蜜蜂的指引下，风儿带上了少女的轻盈，开始酝酿怀春的温柔。蓦然回首，一棵桃树站在春的深处，丰腴的枝头上，鸟儿哧的一声划过一道美丽的弧线，灿烂我的眼睛。

风猎猎，雨飘飘，缄默了一冬的大地终于浪漫起来了，随心所欲地点缀出红一块、绿一块的花布。

突然，仰头，南山红了的花儿是笑脸。

紫荆花！

紫荆花！

来不及思索，在刹那间工夫，满山的紫荆花就这样风风火火地拥抱了我们。

远远看去，东一笔、西一笔，横一笔、竖一笔，浓一笔、淡一笔，热热闹闹地铺满了山野。它的笑靥奔放、热情、华丽，甚至还有那么点妖艳，风风火火地冲向你，缠缠绵绵地抒写春天的意境。

走近了，走近了，刚刚看上一眼，每个人的心就开始沸腾了，沸腾得和紫荆花一样快乐而自由，洋溢的心跟紫荆花开始一起飞了。这是一种美妙的感觉，排山倒海似的，紫红紫红的花朵飞速地扑到你的心里去，它飞快地告诉你：请你闭上眼，带着我高贵的紫红，自由地飞吧飞吧。我们果真闭了眼，伴着让我们心慌的紫红，真的开始飞了，多姿而热情的紫荆花托起我们的脚尖，我们的手自然地伸向蓝天，飞啊飞啊……

在花香中，梦醒来的时候，紫荆花就真真实实地触到手了。微风悄悄地吹过，淡淡的花香荡漾，我们在芬芳中陶醉：它们是那么密集，手拉手，嘴亲嘴，肩靠肩，背挨背，腰挤腰，脚踮脚，璀璨得让你睁不开眼；它们是那么亭亭玉立，细长的手臂，纤纤的手指，挺拔光滑的大腿，和着火红的外套，性感得让你想入非非；它们是那么风华妖冶，紫红撩人眼，华丽让人叹，高贵惹人思……罢了罢了，我们的心就这样被缱绻地陶醉：这里的世界很芬芳，这里的世界很富丽，这里的世界很澎湃。

看够了，我们就慵懒地躺在紫荆花丛中，仔细听，风带着乡野隔年的草味扑面而来。此时紫荆花丛里，嗡嗡喔喔，似敲，似拍，似打，驻耳而听，原来是无数的蜜蜂赶集似的穿梭其间。仔细看，这一群群蜜蜂深入紫荆花的花蕊，其中有一只一不小心，失足掉进温柔的陷阱，在深深的花海里找不到突围的路径。紫荆花在春风中舞蹈，婀娜多姿，像一位十七八岁的姑娘，在原野的大舞场媚笑，笑得这只掉进温柔陷阱里的蜜蜂忘记了飞翔，沉醉在美色里，快乐地呻吟，嘤嘤，嗡嗡，蜜蜂在紫荆花丛中迷失了自己……

招蜂引蝶，曼妙如歌，一只蜜蜂唱完了歌，一只浅黄的蝴蝶飞进了紫荆花丛，蝴蝶羞羞臊臊的，停在一棵紫荆花的花蕾上，花蕾含起了苞苞，等待着怒放。蝴蝶萌动了春情，轻吻着，轻吻着，一次次地陶醉在花蕾上，它们偷偷地约会，甜甜地私语。这都一一被我们捕捉到了，我们一会儿看蝶，一会儿看蕾，我们忘情地笑了。

这时候，紫荆花和我们亲密了许多，它告诉我们说，如果微风不言语，你们就替微风说话。不经意间，微风摇动了，我们的对话成功了。"鸟窝！鸟窝！"我们中有人尖叫，一个鸟窝乍现。你看，你看，太阳从树隙间溜下来，微风轻喘，鸟窝在斑驳的光点中跳舞。几朵不知名的紫荆花瓣溜进了鸟窝，对着鸟窝轻歌曼舞，直到所有的鸟儿都此起彼伏地答应。

瞄够了，眼睛饱了，我们各自忙活。张美女在紫荆花丛中练起了瑜伽，项大师在紫荆花丛中频频举起相机，陈小妹摆起了一个又一个的姿势，我眯着眼一朵又一朵地吻着紫荆花。

春天，紫荆花向你说话了。

随后，我们在巾山下自然村方圆两三千米内，都看见长在半山腰的紫荆花向你说话了。这个山腰一片，那个山腰一片，茂盛的紫荆花把一个偌大的巾山下围得水泄不通，形成一条天然的彩带，风中摇曳，姹紫嫣红，缥缥缈缈，令人目不暇接，流连忘返。

其实国人对紫荆花并不陌生，早在1997年7月1日零时，紫荆花在香港的区旗上就高高地说话了。那时，成千上万人血脉偾张，百感交集。

历史上，紫荆花的年轮层层叠叠，我无法去描绘探究，我只是回忆起它的一个故事。汉代有兄弟三人分家，财产均分后，尚有屋前一株紫荆花树未分。兄弟三人约定次日将这株紫荆花树一分为三，各得其一。谁知次日清早，紫荆花树已枯萎死去。三兄弟见此情形非常感动：一棵树听说要将它一分为三，尚且憔悴而死，难道我们兄弟三人还不如树木？于是兄弟三人不再提分家之事。没多久，屋前的那株同根连理的紫荆花树又繁茂起来，而且更加生机勃发。从此，紫荆花便成为团结和睦、骨肉难分的一种象征。

这是多么吉祥的一种花啊。

巾山下的紫荆花是有灵气的，因为它的头顶站着一位叫巾山塔的巨人。相传巾山塔始建于明正统三年（1438）之前，在清道光年间重修，塔内供奉有众多的佛教造像和道教尊神。

执手相看情切切，与厦河塔遥相呼应、巍然屹立的巾山塔正是丽水古老历史的见证人，它历经时代沧桑，阅尽人间悲欢。往事越百年，岁月的流淌磨灭不了历史车轮的印痕。历代兴衰，春去秋来，巾山塔依然熠熠生辉。在巾山塔的福荫下，山腰的紫荆花生儿育女，快乐地繁衍后代。塔建数百年，花香数万人，一脉相承，和和美美，紫气东升。

在巾山下自然村，我们碰到了一位82岁的老人，他家的泥墙上零零星星地布满了碎瓷片。他告诉我们说，紫荆花祖祖辈辈就留在了巾山下村，附近其他村罕见，这是非常奇妙的事。村里老一辈人不叫它紫荆花，叫青刺花，紫金大桥造好后，离城里近了，生活一年比一年好，人们逐渐喜欢叫紫荆花了。它喜欢长在朝阳的半山坡，由于长得快，以前村里人都把它砍来当柴火，因此过去很少看见它开花结籽。最近几年，村里人都用上了煤气，没人砍柴了，紫荆长得很旺盛，花开如意，越开越美了，吸引了一拨又一拨的城里人。

这不禁让我想起了一位诗人的诗句：

紫荆花满深南路，三月春衫绣蕾开。

戈黛芽新微展碧，忧蓝事往拟成灰。

风中彩蝶翩双结，众里繁眸灼一回。

惆怅红尘无觅处，故人心海踏歌来。

夕阳西下花絮飘。第二天，我再一次默默地站在紫荆花丛中，就这样和热情的紫荆花对话、交流。我真实地感受着它血脉的搏动！它好像张着樱桃小嘴轻轻地告诉我：在这物欲横流的世界里，每一个人都要葆有一方清明自在的精神家园，经常去感悟微风中轻轻呼吸的花瓣，这样会使你深深地觉察生活的另一种美好奇妙。

风停了，紫荆花不笑了。我在想：菡萏"出淤泥而不染"，梅"众芳摇落独喧妍"，菊"我花开后百花杀"……唯有紫荆花"任人探弄任人看"，没有扭捏，没有赧颜，为大众谢了一次又一次幕。

此际，我轻轻地投入它的怀抱里，听到它是那么平和、静谧、安详，伴随着子归鸟的鸣叫，悠远悠远……

走过奇云山

十年前，听朋友讲起一个故事。他看到一位女孩撑着一把红雨伞，从青田方山的奇云山上"飘"下来，雾中的奇云山若有若无……宛如神仙姐姐的女孩和她的红雨伞周遭都是如霭的雾，仙气淋漓，缥缥缈缈……

其实女孩是位有丁香般情思的游客。

这不禁勾起了我对神秘的奇云山的向往。

梦幻酝酿了十多年，终于在日前拣个休息日得以实现。

出发前，还是有点犹豫，面对奇云山这位1164米的"超级女模"，蹚过她的香肩要两个多小时，毕竟不是件容易的事。但此次心思已决，大有不走奇云山非好汉的心地。

初秋的早晨，零零星星的秋雨滴答滴答，打在车背上。出发前的心情被搅得有点不完整，甚至被雨点敲得零零碎碎。

心想，我们十多人幸好都准备了一次性雨披。

一路上，由于我们在城里待得久，身子疲倦，心也疲倦了，出来"撒野"，懒散的心变得活跃起来，谈起奇云山，都有莫名其妙的幻想了。

窗外远山含黛，中间夹杂或红，或黄，或紫……在雨中冒着那么丁点儿雾气，更具初秋的风情万种了。

车过青田、山口、方山，快到田鱼村，车子嘎吱一声，停了。

到奇云山脚了。

给我们带路的是方山乡邵山村党支部书记杨江霖，为人热情憨厚。

邵山村不大，在青田地图上是个比邮票还要小的村庄。

出发去奇云山了，雨突然停了，雾恍惚间冒出来。

走过几幢石头垒就的房子，看见墙体上满是岁月留下的青黑色痕迹，踏着相同色调的台阶，我们向上进发。同方山乡的其他地方一样，这里的稻田基本上都养着各种颜色的田鱼，就连家门前后的溪流里也有成群的田鱼在活蹦乱跳。

杨支书告诉我们，我们走的路虽然是羊肠小道，但此道留在世间有千年历史了。果然，我们细看，台阶有些年岁了，两旁都长满了灌木和杂草。溪水在灌木丛中流淌，只闻水声不见踪影，偶尔可见它在岩石上翻个跟斗，孩子般快乐地奔跑，你一不留心，它又在某个地方露出端倪。这便成了我们天然的栖息站，掬把清冽的溪水，洗脸擦胳膊，那个清凉啊，自得其妙。

最有趣的是路旁的各种小草小花，你不留意，它们就轻轻地吻你，甚至热情地搂住你的腰部，腼腆的你被它们抱得有时喘不过气。当你深情恣意、心花怒放的时候，雾轻一阵重一阵地用长手臂一圈又一圈地绕住你，东边来的，西边来的，在山中重叠，融合，酝酿……忽儿又匆匆消失了。我想，奇云山的雾是会疲乏的，会厌烦的，或许在那秋风中抱成一团，一不小心就消失了呢。然而，我的想法错了，雾总是那么的死心塌地，你走一点，它跟着你走一点，跟你捉迷藏似的……

杨支书说，这就是奇云山的美妙。

云在天上飘，雾在手中移，人在山中藏，梦在心中游。我们兴致盎然。

其实，漠漠的山中有了这雾，山中便充实起来。这美妙的雾爬过我们的头发，爬过我们的睫毛，爬上云端，雾脚轻盈，使我们气也不敢出的，身骨一时酥酥地痒，爬山的劳累突然消失了一半。

当我们在雾霭中迷迷离离游走的时候，突然有人尖叫："有蜂，有大黄蜂——"

话没说完，我们就有三人中了大黄蜂的袭击。

杨支书的头、张美女的肩膀、官摄影师的膝盖各被大黄蜂蜇了一口。

这大黄蜂窝藏在路旁的泥土里，大如小拇指，蜇在皮肤奇痛无比，凸起如小面包……

杨支书笑笑说："被蜂蜇并非坏事，这里的生态好，少有人来往，宛若世外桃源，自然我们的到来就招蜂引蝶了。"

我们心想，此来我们度"蜜月"了。

我们还在回味度"蜜月"的时候，一只山鸡就从我们脚边的草丛扑棱棱飞起，然后飞向远处，起飞地点距我们的腿不到三米，甚至能感到那股劲风在耳边拍打。稍稍走过一段，一只松鼠在高高的枝丫间贼眉鼠眼地看着我们，等我们将相机举起，又嗖的一声蹿往高处，带动树枝一阵簌簌响……

杨支书说，1956年，山上的一只老虎吃了一头牛。去年山上打了40多头野猪。野生动物是数不尽的。

我想，方山乡三万多人，两万三千多人分布在世界各地三十多个国家，留在家中的只有七千多人，这批人以老人和小孩为主，他们往山里走得少，自然环境就好了。奇云山365天几乎天天有雾，雾中藏着奇珍异兽就不足为奇了。

杨支书说，方山人对奇云山是忠诚的，是至爱的，也故至今还摸不出奇云山的性格，更不知道山中藏着多少的百兽呢。

就这样，谜一样的奇云山魂牵梦绕地把我们引向深处。

一路上，我们移步换景观看美色。同时听杨支书介绍：奇云山位于瓯海区、瑞安市和青田县三地交界处，其名真正原因系山势陡峻、云霞色彩形状多变而得名。山顶的古火山口形成天然湖泊，另有5000多亩高山草甸，据说面积位居省内第二。

我们走着走着，越到高处，云霞色彩果然越多变，有的似乎卧在山中，将奇云山断成几截，只要那云层连在一起了，你就看不到山顶了。

通过两个多小时地爬山，翻过一个山头，眼前豁然一亮，我们终于到达了"天池"。这是天然形成的湖泊，里面养着鱼，还有人说里边有水怪。湖边有石堤，据说是"文革"时加固的；另一面则是慢慢倾斜到湖水里的草甸，边上有小片灌木，很美很美。

湖边有一庙，美曰"娘娘庙龙宫"，是民国时重新修建的，庙中立像礼奉的是龙母娘娘。"娘娘庙龙宫"据传清朝修建，具体年代不详，到太平天国时达到顶峰，当时庙中有一百多位和尚。后来衰落了，直至清末倒塌，民国时重新修建。"娘娘庙龙宫"小巧玲珑，三间房子并排，构筑全为石料，石墙石柱石梁石板石盖，连香炉香台也是石的，而且刻有图案，精美绝伦。这在大山中一年到头雾浓雨足、潮湿易霉条件下，保持着不烂不倒，足见当时设计者的用心。寺庙"门庭"上方刻有小小的"奇云山"三字，石匾额旁的落款有清光绪年间修葺的字眼。

"娘娘庙龙宫"奇就奇在它有一泉眼。立在庙中，听到哗啦啦的水声，有如自来水龙头，水声终年不断，村民曰"龙水"，清凉无比，喝之甘甜。路人每过此庙，都会带一桶水回家。

龙水哪来？

来自龙井。

绕庙往左约五丈，边上有小片灌木，发现有一井。井沿刻有"龙井"二字，井水不深，约五十厘米。井两边青苔丛生，用石块围砌半圆，下方出口平铺石板。这一带"龙"水随见，唯这为"正宗"，龙水汩汩淌溢出来，山有多高水有多深。民间传说龙井是通向大海的，传有一村民在龙井把祭祀的木盆沉下去，结果在温州江心寺的井中冒出来。

此话虽然离谱，但至今仍有村谚"沉下奇云浮起江心"。我们静心仔细探究，愣是没发现井中另有洞穴可通。但宫中龙水确实来自此。

我们深深惊叹大自然之神奇。

坐在井边，遥望"天池"，忽生夜幕降临，月光晶莹、幽幽之想象……

"天池"周遭，便是神奇的高山草甸。

走过奇云山，你不得不感叹那里的高山草甸。

往庙右行之五丈，便能看见一个二三十亩的草甸。草甸并不是想象中广袤无垠的样子，但是在江南的高山能见草甸已属稀罕。

江南的山有灵气，江南的水有精光，满满的一马平川的草地，秋风中，黄得深沉，遇风，和着大把大把的茅花，韵味无限。

你看，小朋友们早就滚进草丛了，他们嬉戏、追逐，或爬着，或卧着，或立着，或仄着，有如咆哮的小老虎，有如酣睡的小牛，有如望月的羊，有如栖枝的小鸟……玩相百变，草味无穷。

大人们也禁不住草的呼唤了，在草丛中拍照、探幽、望云，或高，或低，或聚，或散，或躺，或蹲，摘摘野果，玩玩花草，摸摸红叶……

但这乐趣的背后，草丛中都有水溢出，每玩一处，不能恣意，不能尽兴，这就是所谓完美之处必有其缺憾之处。

玩过一个草甸，你脚一抬，又到了另一个有二三十亩大的草甸，如此往复有三十六个草甸，交交错错，起起伏伏，处处皆风景，处处皆不同。三十六个草甸有如三十六计，围住神奇的"天池"。每块草甸似乎相连又不相连，连的是水，不连的是草，彼此相望，用水握手言和。"天池"水盈盈，皆来自三十六个草甸之水渗入，有如三十六首流动的音乐，虽然无声，却充满了音响，充满了节奏。

其实奇云山草甸之美，并不是所有人都能欣赏的。有人说，高山美其起伏跌宕，飞瀑美其狂野晶莹，森林美其神秘幽静。而奇云山高山草甸美其宽广、美其柔情、美其真诚，更美其纯洁！因为奇云山草甸很少有人去，就显得格外纯洁。你躺的那片草地你就是第一个，闭上眼，你想象着……

高山，让人起征服之念；飞瀑，让人起惊羡之情；森林，让人起探索之欲。只有奇云山的草甸，只有见到那里的草原，身处那里的草原，你的大脑才不会去思维，那是一种全身心的放松。放眼望去，奇云山满目的草地，风起的时候，那草就有如碧浪一波波向前翻滚着。而草甸背后的茅花就那样坚定地站在后面，无言地诉说着人类的勇猛与坚贞。对于奇云山草甸的美，我们已经无法完全用眼睛去观赏。奇云山草甸还要用心来看。躺在茫茫的草地里，让那柔柔的草去抚摩你的脸，就像儿时母亲的手拍着你，和着儿歌呼你入睡……

杨支书说，过去每年春耕结束，附近村民就把耕牛羊群赶至山上集中放牧，任其优哉游哉地自由生活；冬天快到，才把牛赶回。如今耕牛渐少，只剩下十几头水牛，已不复当年风吹草低见牛羊的风景！

我们不禁惊奇地问："一年中水牛在山上生活多久？"

杨支书笑笑说："七八个月吧，它们吃饱了睡，睡了又吃，头头牛都壮肥壮肥的。"

"那牛不会走丢？怎样找到它们呢？"

"牛在三十六个天然草场里悠哉乐哉，不会跑远的。主人只要守住'天池'就可以找到水牛了，因为水牛爱喝水呢。"

……

说着说着，我们在秋日温暖的午后躺在"天池"旁的草甸上睡着了。梦里的世界很清净，就如静静的奇云山，它还是一个美丽的未出嫁的纯情少女。

52双解放鞋和22年拥军情

　　蓝天蓝，白云白，阳春三月，莲都区大山峰上的树木绽满了绿。2004年，53岁的叶美英挑着50公斤的蔬菜停住了脚步。身旁是起伏的山峦，在阳光暖暖的光圈里，她轻轻地擦了一把额头上的细汗，继续往前赶路。

　　这条路，她已经走了22年，路边的每一棵树、每一块石头，甚至飞来飞去的小鸟，她都十分熟悉。

　　她是莲都区郑地乡正岙村人，22年来，她平均每个星期往返大山峰两趟，为距她村3千米的驻浙空军某部连队送菜。无论是春夏秋冬，还是刮风下雨，只要连队打电话来需要她送菜，她都会及时地在自家菜地拔好菜，洗干净，爬3千米山路挑过去……

　　22年来，她为送菜穿坏了52双解放鞋，其拥军情义之深，成为当地的美谈。驻军的每一位干部和战士，每次看到前来兵营送菜的叶美英，总会感动地说："嫂子，您辛苦了！"

　　1958年，莲都区郑地乡来了一个空军连队，驻扎在该乡最高的大山峰上。

这个部队就是后来丽水人所熟知的驻浙空军某部大山峰连队。46年来,部队远离村庄和当地居民,严守纪律。但是由于地处偏僻,交通不便,给连队的后勤保障带来了许多不便。

20世纪80年代以前,当地的干部群众在党和国家的拥军政策指引下,充分发挥老区人民的光荣传统,以生产队的名义给连队送去了大米和蔬菜等,唱响了一曲曲人民群众支持部队建设的拥军之歌。

1982年,农村实行了联产承包责任制,生产队不再为驻守的连队安排粮食供给,连队的后勤保障有了困难。

军民鱼水情。正岙村距连队约3千米,是离连队最近的一个村。当时的叶美英得知连队供给困难后,就建议时任村民兵连连长的丈夫叶方富往部队送菜。

来到连队后,叶美英腼腆地说:"我家里分了几亩田地,今后部队吃的蔬菜就由我家提供吧。"

"这真是太好了,我们正担心今后不知道怎么办呢,你真是解了我们的燃眉之急!"连队领导紧紧地握住叶美英的手说。

"这是我们应该做的!"叶美英热情地说。

连队领导转而一想,问:"我们用菜量是很大的,如果嫂子来送菜,要爬那么高的山路,嫂子身体瘦小,行吗?"

旁边的叶美英丈夫叶方富哈哈大笑地说:"她行,肯定能行!"

在以后的接触中,部队领导才真正明白叶美英是一位很不错的农村妇女。她不但能挑,而且为人相当不错。她和丈夫种的蔬菜不但色泽好看,且一般不用农药治虫,是高山上真正的无公害蔬菜。她卖给部队的蔬菜往往比市场上的蔬菜价格要便宜。而且她从不向部队算挑工钱。对此，村里个别人对叶美英说："你也太傻了，挑 3 千米山路那么辛苦，算一点功夫钱有什么关系呢。"

叶美英却朴素地认为，她种菜给连队的战士吃，一是觉得当兵人不容易，二是觉得连队也很困难，不能向连队开价很高，她的菜是半卖半送给部队的。

连队的领导知道后，很感动地说："这样的好大嫂真是打着灯笼也找不到！"

冬去春来，洒一路艰辛的汗水，叶美英的肩膀被扁担压得越来越坚强了。她一年到头穿着解放鞋不知往返了连队几次，沿途的花开了又谢，谢了又开，她脚掌上的肉茧越来越厚了。22 年来，她穿坏了 52 双解放鞋，且从不说一声苦……

为了种好菜，她和丈夫起早摸黑地在田地里侍弄庄稼；为了丰富蔬菜品种，她和丈夫常常跑到城里的菜市场，看到有新品种就千方百计去寻来种植；为了让战士们每个季节都能吃上新鲜的蔬菜，她和丈夫搭起了大棚，在大棚里种植反季节菜……

连队的领导见她和丈夫一心一意地为连队服务，常常对她说，家里有什么困难直接去找他们连队；农忙季节忙不过来，连队的战士可以利用星期天为她家抢收……

可 22 年来，她从不向连队提什么要求。

连队领导更是过意不去。于是连队自发地形成了一个规矩：每碰到农忙季节，他们就主动来到她家里，帮她家割稻，挖番薯等。

一来二去，叶美英家和连队仿佛成了一家人。

连队生活比较单调，又远离城市，于是每逢星期六，连队许多人就往她家跑，跟她家里人拉家常，说知心话，在她家里吃饭，度过一个美好的双休日。

每年有些新兵从北方过来，他们不习惯这边的生活，有的刚走出校门，想家急切。叶美英每把菜挑到连队后，就会鼓励他们，跟他们聊聊天，说一些老兵们如何克服困难的故事。她亲切地跟新兵说话，就像跟自己的子女说话一样。难怪连队领导一任又一任调走或转业了，都会这样评价她："叶大嫂对待连队里的每一个干部和战士，就像对待自己的家里人一样！"

1996年，为了便于给连队送菜，她花了2600元在村里装了第一部电话。有了电话，连队什么时候打来电话需要菜，她就马上送去，方便了许多。

有一次，她和往常一样挑着茄子、黄瓜、西红柿、四季豆等近百斤蔬菜往连队送，由于都是往上爬的山路，加上天气热和劳累过度，她脚一软，就摔倒在路边……刚好有连队战士路过，看到她的情况后，马上抢过她的担子挑在自己的肩上，连队领导叫来了军医为她免费治疗……当战士们看到她脚上还穿着很破旧的解放鞋，并联想到她种菜的艰难，把蔬菜半卖半送给连队及平时的种种好处时，眼睛情不自禁地湿润了……

她非常感动连队为她治疗，并深深地铭记在心，以百倍的热情加以回报。

当地的百姓纷纷说："她与连队的感情真是情深似海！"

每当到了中国人传统的节日——春节、清明、端午、中秋等，叶美英从不会忘记连队的战士们。每年春节，她就为连队免费送去20多公斤自酿的黄酒和一些糖糕；清明节和端午节，她给每位战士送去一双清明果和粽子……让战士们深深地体会到了家的温暖。

正是这份浓浓的拥军情义，感动了一任又一任的连队领导，一批又一批的战士。

1997年3月，叶美英的女儿结婚，连队领导得知后，每个人掏腰包捐款，给她的大女儿送去了洗衣机和1000元红包，派代表到她家喝喜酒，场面非常热闹。

1998年10月，叶美英的儿子结婚，连队领导和战士同样掏腰包捐款，给她的儿子送去了大红包……

情深深，义切切。

一些已经转业或退伍的老兵，总是会写封信或打个电话问候长年给战士们送菜的叶大嫂，而叶美英也是一如既往地与那些退伍的老兵交朋友、走亲戚。如衢州籍战士邱正贵退伍后，于2000年结婚，邀请叶美英夫妇前往衢州喝喜酒。叶美英和丈夫放下地里的活赶到衢州祝贺，住了两天。邱正贵把叶美英介绍给他的所有亲朋好友，说叶大嫂是他在部队当兵几年中最好的"大嫂"。

这样的事情还有很多。

去年通往连队的路有部分损坏了，叶美英知道后，主动与连队联系，叫上村里人为连队修路……

当有村里人问叶美英："你现在年纪大了，以后是否继续坚持送菜给连队？"

叶美英毫不犹豫地回答道："只要自己身体还行，连队还需要她种的菜，她将继续送下去。"

这就是一位农村妇女朴素的拥军情。

青瓷泰斗

2005 年 10 月，秋日的阳光照得北京大学格外耀眼。小鸟的啁啾，花草树木的低吟，来来往往的莘莘学子，北大校园一切都显得那么生机勃勃。

这一天，北大来了一位特殊的"教授"，他在 2000 多名学生面前从容不迫地讲授中国青瓷史。

说他特殊，是因为他只有小学文化，一路闯关，竟闯入中国艺术的最高殿堂，成为中国工艺美术大师；

说他特殊，是因为他从龙泉青瓷艺人中的一路选拔，竟进入中国政界的最高议事大厅，成为第八、九届全国人大代表；

说他特殊，是因为他从学徒工开始，一路攀登，竟成为中国陶瓷科技界的奇才，成为龙泉青瓷泰斗，享受国务院政府特殊津贴的专家。

他就是徐朝兴。

往事历历在目。

1956 年，徐朝兴 13 岁。这个年龄的孩子，还是背着书包戴着红领巾上学念书的时候，而他却过早地离开了父母和家门，来到离县城 40 多千米外的木岱小山村学做瓷碗。

那时，龙泉山区交通十分不便，40 多千米山路他靠步行，从早晨一直走到天黑。到了木岱村，他租住在农民家里，喝了一碗稀饭，肚子没填饱，就没东西吃了。晚上，他在地上垫几块砖头，铺上几块木板，这就是床了。

当时，对 13 岁少年的徐朝兴来说，生活是多么艰难。

这就是他走上新生活的开始。

他当学徒的地方是个公私合营的小厂。第二天，他来到办公室时，看到一位厂长模样的人正伏在桌上写着什么，发现他木讷地站在门口，突然转过脸来对他说："怎么小孩子跑到办公室里玩了，去，到外面玩去。"

徐朝兴红着脸回答说："我叫徐朝兴，是来当学徒的。"

"小鬼，你这么小就要来当学徒？怎么不上学念书啊？"

徐朝兴回答说："因为我家经济困难，父母供不起我读书，所以，出来拜师求艺，请你收下我吧！"

厂长见他可怜，又苦苦恳求，才破例收下了他这个身高还不到一米三的学徒。

1958 年，龙泉青瓷迎来了第一个春天。敬爱的周总理提出要恢复我国五大名窑之一龙泉青瓷的指示，由中央轻工部组织各地陶瓷专家专程前往龙泉，恢复发展龙泉青瓷生产。龙泉青瓷得以枯木逢春，舒枝吐叶，重放光彩。这时，徐朝兴才开始领略到深奥的青瓷艺术。

由于他在当学徒期间悟性好，表现突出，又非常勤恳好学，当年厂里成立仿古小组的时候，他被破格选入仿古小组。那一年，他才 15 岁，是仿古小组里最年轻的。

在仿古小组，他跟老艺人李怀德师傅学艺。这一学就学了五年，人家三年学徒可以出师，而他却当了五年学徒，许多人都说他吃了亏，是傻瓜。但他却感到充实和满足，因为在这宝贵的五年里，他从李师傅那里学到了许多青瓷手工工艺绝招，同时，他还得到前来帮助恢复青瓷生产的轻工部高级工程师李国桢，中央工艺美院梅健鹰教授，浙江美术学院邓白教授，省轻工业厅劳法盛、叶宏明副总工程师等众多陶瓷美术专家的指点，收获是很大的。

1963 年，浙江美院邀请他去为学生制作毕业设计。他利用这个宝贵的机会，在高等学府的知识海洋里"吸收营养"，一有空就上图书馆翻阅有关陶瓷工艺和陶瓷美术的书籍。由于他是小学毕业，基础差，有的地方看不懂，他就求助老师和同学。这期间，使他增长了不少理论知识。此后，他还学了轻工业出版社出版的《陶瓷工艺学》和叶宏明副总工程师编著的《举世闻名的龙泉青瓷》等书籍，为他走的青瓷之路奠定了基础。

江山代有名"瓷"出，各领风骚数百年。

当我们走进坐落在瓯江之滨，由韩美林大师题写厂名的"龙泉朝兴青瓷苑"时，就像进入一个令人陶醉的艺术世界。在净无纤尘的朝兴作品陈列橱中，那天然浑成的哥窑开片，那晶莹润泽的弟窑釉色，那精湛绝伦的手拉坯工艺，那古朴典雅的装饰效果，显示着龙泉青瓷流而不泻、巧夺天工的独特魅力。

成功的背后，是徐朝兴对青瓷艺术的孜孜以求！他用血汗铺就了一条艰苦的成材之路。

在"文化大革命"时期，他埋头搞专业工作。他感到自己失去的时间比别人少，而得到的却比别人多。为此，他成了某些人心目中"只专不红"的人。但他自有他的乐趣，他有他的收获。在此期间，他对三号胜利汤匣钵进行了造型改造，使每个窑车多装 40 只碗，每班多浇 480 只，一年可以节约煤 72.8 吨，给企业带来了一定的经济效益。

1977 年，面临着国际和国内陶瓷界的竞争和挑战，龙泉青瓷研究所成立了。徐朝兴进入研究所工作以后，有更多的机会接触陶瓷界的专家学者，参观学习，使他看到许多古今中外高、精、尖的艺术珍品，开阔了视野，增长了见识。

有一次，一位老教授对他语重心长地说："长江后浪推前浪，今人应当胜古人，小徐啊！为千年古瓷添新彩的重担压在你们这一代人身上。"

老教授的嘱咐使他夜不能寐。

他想，龙泉青瓷除了继承传统外，在创作工艺上应该有新的突破。

有一次，他在北京故宫里看一只青瓷大盆，直径约 40 厘米。他突发奇想，如能把盘径再扩大一点，制成哥窑挂盘，必获佳效。

他的这一想法得到当时厂领导的大力支持。于是他夜以继日研究试制 52 厘米迎宾大挂盘和一米三迎春大花瓶。厂里还成立了技术攻关小组，以他为主攻关技术难题。他想：既然领导这样相信我，我一定要把这两项任务完成好。

于是他与攻关小组人员一起制定了设计方案，调整配方、刀形、上釉、烧成工艺等制作方法。有时为了攻克一个技术难关，连续几个晚上都在试验工场工作……

功夫不负有心人。经过半年多 30 余次反复试制。这两件哥窑产品终于试制成功了。

随后，他创作的这件 52 厘米迎宾大挂盘在全国陶瓷美术设计评比会上荣获一等奖，获得艺术瓷总分第一名。有关专家认为。这件作品的制作工艺和技术难度已超历史水平，被誉为当代哥窑瓷器中"国宝"。这件作品曾送亚太博览会展出，现收藏在中南海"紫光图"，一米三迎春大花瓶陈列在北京人民大会堂浙江厅。

面对他的突出成绩，领导赞不绝口。

一直在龙泉青瓷研究所里做工人的徐朝兴，做梦也想不到1980 年的某一天，厂里的领导请他坐上了同一辆车，十分拘谨的他只听说要去龙泉开个会，感觉手足无措。到了会场，领导才微笑着宣布，请他出任龙泉青瓷研究所所长。

徐朝兴一听差点晕过去，从工人到所长，整整升了六级，领导们怕事先跟他商量他会拒绝，所以来了个"先斩后奏"。从那开始，徐朝兴才真正步入了他的黄金时代。

陶瓷，一般艺术瓷好做，但是做日用瓷就不是那么容易了。怎样达到美观、实用、艺术的有机统一，是非常难的。

历来餐具都是圆形的，摆在桌子上空隙多又占位置，徐朝兴思忖着，是否能搞成组合形？经过构思，他设计了一套 33 件云凤组合餐具。整套餐具摆在桌上组成一幅美丽的图案，给人以一种日用瓷艺术化的效果。

这套餐具参加 1986 年全国陶瓷新产品设计评比，以 9.82 的高分获得日用瓷总分第一名，荣获一等奖。当大会宣布他第一个上台领奖的时候，他的心情无比激动……

这套组合餐具在龙泉瓷厂曾投入大批生产，供不应求。光1987年就生产35万套，一年产值一百多万元，取得了较好的经济效益。

面对成绩，他并不满足，还是非常好学。

有一次，他在上海参加中国古陶瓷国际讨论会，和他住在同房间的是一位来自辽宁省硅酸盐研究所的关宝琼。在空余时，他看到他手上拿着一支金钢笔在瓷器上刻画着像头发丝一样的鱼、虫、花鸟等图案，好看极了。徐朝兴为学习这个新的技术，关宝琼每次刻他都在旁边细心看。在上海临分手时，关宝琼把手上在用的一支价值60元的进口金钢笔送给了他，并说："你拿回去试试看，我说这种刻瓷不容易掌握。但看你那么爱学习，一定能成功！"

回龙泉以后，徐朝兴每晚学刻。头几天并不好使用，因为瓷器经过了1300摄氏度高温烧成，质地坚硬，线条不好拉。后来他经过半个多月夜以继日地学习，终于刻了一个古代仕女挂盘，在全省"四新"产品评比中获了奖，填补了我省这方面奖项的空白。

冬已浓，朝兴青瓷苑。

花树掩映，幽静雅致的工作室里，徐朝兴一边让瓷碗在机器上转，一边用手拿刀腾空"抖"动着，随即，美观又充满韵味的斜纹脱颖而出。笔者仔细观察，只见从碗底开始，斜纹由短到长，由密到疏，绝没有机器压制的僵硬，充满柔韧和手工之美，风格直追商周古瓷的神韵。整只碗线条繁多，不胜计算。

徐大师介绍说，制作这样一只碗，至少要"抖"个成千上万刀。雕刻"抖"动时，还有许多限定，比如周围嘈杂不行，身体状况不佳不行，心脏跳动过快不行，"抖"的时候，必须屏息凝神，全部的注意力都要集中在作品上。大师透露："我都是清晨5点钟起床工作，一直到早上8点多，这段时间空气好，人刚刚休息过，精神状态好，而且周围安静。"

其实，徐大师"千刀万剐""抖"出青瓷珍品，这在世界是出了名的。

国际陶协主席 Tong Frnks 看了他的精彩的"抖"技艺后，赞不绝口地说："观赏你的艺术创作，就像是在欣赏一场赏心悦目的艺术表演，你的'抖'堪称世界一绝！"

随着徐朝兴在艺术造诣上的逐渐成熟，他的作品也先后多次获得国内艺术大奖，许多作品已被中南海、人民大会堂和国内外权威博物馆收藏。同时他的作品还被许多党和国家领导人作为表达友谊的国礼，赠送给外国来访的首脑。1979年，邓小平同志就选择了他制作的"中美友好玲珑灯"作为国礼，馈赠给美国总统卡特，现该作品仍陈列于美国白宫。

由于徐朝兴在青瓷领域的突出贡献，各种荣誉也纷至沓来，组织上也对他给予了更多的关注和支持：1985年，他获得浙江省劳动模范称号；1986年被授予浙江省自学成才者称号；1988年获得全国"五一劳动奖章"、全国优秀科技工作者称号；1992年被国家授予有突出贡献的中青年专家，享受国务院政府特殊津贴；1996年被评为中国工艺美术大师，达到了一生艺术追求的顶峰。同时自1993年开始，由于他不凡的业绩，还连续被选为全国人大第八、九届代表。

1999年，已经退休的徐朝兴创办了"龙泉朝兴青瓷苑"。他的老伴韩红军夫唱妇随，也做了几十年青瓷。她的拿手活儿是刻花。

徐大师说："朝兴苑是亏本的，但我用自己的作品来养活它，因为龙泉青瓷需要这么一个地方，国家给了我很多，我现在要回报社会。"

徐大师在坚持创作之余，已开始对自己一生青瓷艺术的总结。2001年，他应邀赴韩国参加陶艺学术交流及展览，在韩国的讲坛上做了"龙泉青瓷古——今"的演讲，得到很好的反响。他的作品被多次邀请送往新加坡等东南亚地区展出。2002年10月，国际陶协主席Tong Franks、副主席Les Manning偕景德镇陶瓷学院院长秦锡麟教授等专家一行亲自拜访朝兴瓷苑，与徐大师交流，他们在参观了徐大师的展厅后，对徐大师近五十年的艺术创作生涯深表赞赏，并给予了高度评价。2003年以来，全国人大常委会副委员长李铁映同志两次来龙泉，每次来都到朝兴瓷苑与徐大师交流青瓷工艺，切磋技艺，和徐大师结下了深厚的友情。

进入21世纪，龙泉青瓷的艺术创作及生产已经进入历史最高水平，这种超越古人的辉煌，正是以徐朝兴为代表的一批青瓷艺术家所创造出来的。其中最吸引人的是徐大师一件于2004年创作完成的"哥弟窑混合吉祥如意瓶"。这是一件高近一米的大件作品，体现了徐大师奇特的创作构思。这一改过去瓷瓶造型规矩的圆形设计，将正反两面变成较大的平面，两边以齿状的如意组合，在素烧前经过多道工序的雕、镂修整，再利用徐大师那炉火纯青的哥弟窑混合施釉技法上釉后烧成。这件作品，既有浑然天成的哥窑开片，又兼有晶莹润泽的弟窑釉色，充分显示了龙泉青瓷流而不泻、巧夺天工的艺术魅力。2004年底，徐大师的这同一品种另一件姊妹作品已经被国家有关部门选为北京人民大会堂"浙江籍工艺美术大师作品陈列展"作品，与青田石雕、东阳木雕和乐清黄杨木雕等几位国家级工艺美术大师代表作品共同陈列于人民大会堂浙江厅，代表了浙江工艺美术界最高成就。

徐朝兴对龙泉青瓷的发展充满了信心。他说："龙泉古老的青瓷文化哺育了我们，这里蕴藏着无数的青瓷原料，为我们提供了独特的资源保证。我们有一大批热爱青瓷艺术的陶瓷艺人，花开一朵不是春，百花盛开春满园，只要我们不懈地努力追求，龙泉青瓷一定会走向更高的艺术高峰。"

作为青瓷泰斗，徐朝兴更时刻关心着青瓷后辈人才的培养与成长，他已被龙泉陶瓷工艺学校和丽水学院工艺美术系特聘为客座教授，热心地把他的技艺传授给青年学子们。他的儿子徐凌和儿媳竺娜亚在他的教导指点下，都已成长为浙江省工艺美术大师，作品也已经多次参展并获奖，大师已经为龙泉树立了一座丰碑，龙泉青瓷也一定会后继有人。

中国青瓷最美丽的装饰语言

喜欢龙泉青瓷，因为它很"君子"，很自然，不花哨，够稳重，有内涵。青瓷不像别的艺术品，容易让人一见钟情。第一眼看青瓷，一点都不出眺，可看久了，你会越来越喜欢，越来越觉得它深不可测。

龙泉青瓷如翠似玉，精美极致，受到了包括历代皇室在内的国人甚至外国人的喜爱。以至于当年除了朝贡朝廷以外，也大量出口海外。时至今日，龙泉3000多名青瓷艺人并没有放弃对青瓷的钟爱。他们还是一如既往地创造出美丽的青瓷，将艺人最朴素的感情投入青瓷的研制中。在这3000多名艺人中，浙江省工艺美术大师陈爱明就是最杰出的代表之一。

1978年9月，17岁的陈爱明高中毕业后，走进龙泉瓷厂厂门，踏着父辈之路开始了他的艺术人生。在厂里，当他看到前辈们做陶瓷那种认真专注的神情，熟练精到的表现手法时，便产生了无限仰慕的心情，于是他追随其后，努力工作，刻苦学习，虚心求教。1991年9月，业务突出的他被厂里选送到江西景德镇陶瓷学院美术系进修。1993 年，从景德镇陶瓷学院毕业后的他回到瓷厂后，结识了清华大学美术学院高峰老师，并拜他为师，学习传统手拉坯和"跳刀"纹饰等技艺。后他又拜中国工艺美术大师徐朝兴为师。

执着陶瓷如斯的陈爱明常常试图透过陶土将自我融入自然之中，并把自然之美和陶瓷之美看作同种境界，一种"天人合一"的境界。每当他看到窑炉升腾翻卷的浓烟、飞舞流动的火焰的时候，加深了他对"土"与"火"的感情，体会到了投身"土"与"火"这创造性工作所特有的喜悦心情。结缘陶瓷二十多年，他几乎干过青瓷生产的所有工艺，从瓷土的粉碎、陈炼到釉料的配制，从制坯、上釉到装窑、烧窑，甚至质检、包装。其中有很多工作是极其繁重的体力劳动。就是这种年复一年的劳作，建立了他与青瓷的血脉关系，成就了他淳厚沉静的艺术品格。

名师出高徒，通过多年的钻研，目前陈爱明的青瓷艺术已炉火纯青，成为中国青瓷界的顶级高手。业内人士评价，他的陶瓷艺术是中国青瓷界最具有装饰语言的艺术。

青瓷作为我国传统瓷器的重要品种，在其千年之久的发展过程中产生了一大批著名的窑口，虽然窑口间存在相互的影响与借鉴，但每个窑口都有各自鲜明的艺术特征。可以说，传统的龙泉窑装饰技法主要是围绕着青瓷的装饰技法展开。根据实物观察得知，传统的龙泉窑青瓷有划花、刻花、贴花、点彩、化妆土填白等多种装饰技法。这些技法与龙泉青釉相结合创造出丰富多彩的艺术效果，为现代青瓷发展奠定了基础。但是现在许多青瓷艺人忽视了陶瓷的装饰语言，不肯在刀工上下功夫，制作的许多作品不是雷同就是呆板。陈爱明的可爱之处就是在钻研传统的装饰艺术如何创新的过程中，以多元化的视角尝试材料技法的综合运用。同时，把全新的、个人化的创作理念注入特定的装饰技法，从而形成新的装饰风格和装饰语言。

"跳刀"工艺是一种最古老的陶瓷装饰技法。"跳刀"装饰是随着轮制工艺的运用自然而然出现的，是修坯刀在高速运转的坯体上有规律地震动而产生的。

做陶多年，陈爱明喜欢"跳刀"纹装饰技法，常常沉醉于自然优美的"跳刀"纹理和"跳刀"声音之中。他说，当修坯刀在半干的坯体上飞快地跳动时，你不妨也静静地用耳朵、用心去听，伴随着飞溅的泥屑，"跳刀"所发出的节奏轻快的"嗒嗒嗒"音乐声，这是远古传来的清晰而亲切的声音，它是那样美妙，那样纯朴，这是创作者的心声，回荡在永恒的时空之中。他喜欢聆听大自然的声音，它体现出了万物的灵性，是最纯美的声音。从中可以感悟出生命的美好和生命的希望。作品灰釉"跳刀"纹大盆《遥远的记忆》的创作正是源于"跳刀"装饰中所蕴含的大自然的美妙与和谐。在"跳刀"作品的创作中，只有内心的平静加上娴熟的技巧，刀和坯之间才会发出节奏流畅的声音。这声音体现了"跳刀"过程与结果之间的内在和谐。为了充分表达出作品的主题和更好地表现"跳刀"装饰技法的艺术效果，他的这件作品采用手工拉坯成型方法制作完成，而且器物尺寸较大，为跳刀纹的展示提供宽敞的空间。作品通体施灰釉，也是为了更加突出作品含蓄深沉的审美气质。跳刀纹的肌理，使灰釉的色调产生深浅变化，丰富了作品的艺术语言。灰釉与"跳刀"纹在色与质两个方面烘托出作品的创作主题。

刻划花装饰也是中国传统陶瓷艺术的重要装饰技法。它是运用刻、划、剔等方法相结合刻制而成，因此统称为"刻划花"。刻划花在龙泉青瓷装饰中普遍使用，它是在已干或半干的陶瓷坯体上用刀刻出有深浅装饰纹样，然后施透明青釉，入窑高温烧成，从釉中透出极富层次感的纹饰。刻花能最大限度地突出釉色的质地美。古往今来龙泉窑形成了自己的刻划花装饰语言特点，刻花纹样粗犷，刀法简练，刚劲有力，线条有时多不连接，但不失整体形象，有中国画的意到笔不到的写意画意境，艺术品位很高。陈爱明的作品《弦纹荷花双鱼洗》撷取了大自然的基本色调，运用了青瓷这美如碧玉的釉色，那晶莹柔润的绿色分外令人悦目惬意，具有一种柔和、含蓄，像丝绸般柔和而闪烁的光泽。作品造型端庄、结构严谨，注重传统陶瓷技法的运用。作品的外壁采用了弦纹装饰，简洁大方、明快流畅。弦纹在施釉烧成后的青釉积于弦纹深处，形成了一条条珠绿的积釉带。弦纹之间的棱线自然呈现出莹白的"出筋"装饰效果，就像那寂静的湖面上荡漾起水痕，飘摇起波光粼粼。作品的内部以鱼、荷花为装饰带。鱼在中国图案上是一种流传极广、传为佳话的装饰形象。而"鱼"与"余"同音，故在传统习俗中它又被视为吉祥物，常用来比喻富裕、吉庆和幸运。作品采用熟练的半刀泥手法雕刻，半刀泥由于深刻坯体，干净利落，纹样轮廓清晰，刻出了纹样的层次，再加上雨点式的"跳刀纹"缔造出毛毛细雨洒落水面，一对鱼儿在荷叶之间穿梭嬉戏，自由而欢快地跳跃，不时溅起细碎的水花，掀起层层的涟漪，俨然静谧中之喧嚣的意境。画面层次丰富、栩栩如生、耐人寻味，达到了青瓷自身审美特征与对山水之美的内在和谐。

　　绞泥装饰是唐晚期陶瓷业始创的一种全新的成型工艺，运用不同颜色的泥料相互糅和、挤压形成自然的纹路的陶瓷装饰技法。绞泥装饰的艺术效果与不同陶瓷的造型和材料工艺紧密联系。可使多种材料、纹样综合运用，从而制作出花样翻新、层出不穷的图案，表现出富于东方气韵的装饰效果。陈爱明的作品《忆江南》系列结合"跳刀"与绞泥镶嵌装饰两种技法。同时，综合运用青釉、灰釉、铜红等工艺材料。作品主题中的诗情画意是通过铜红绞泥装饰所具有的美妙肌理与青釉、灰釉所共有的内在和谐表现出来的。作品《忆江南》系列有着中国水墨画的气韵，作品以如天空般清透的釉色为底，以似流云般绚丽的铜红绞泥纹为装饰，恰似云霞飞动的美妙意境。记述了江南宁静的生活中，作者独自观云，感动于大自然的奇美。作品通过对自然物象之美的描述来揭示一种人与自然相和谐的纯美心境。铜红绞泥的发色对烧成气氛、温度非常敏感。铜红完美的发色需要对烧成严格控制。然而，作者并没有把完美工艺技巧作为一种宣泄。工艺之美自然地沉淀于主题的意境之中。作品力求把对传统平和自然审美意境的追忆与全新的表现技法联系起来。在设计语言上，作品运用动与静、虚与实等绘画性对比形式，营造飘逸、悠远的审美境界，从而在观者面前自然地展现出一幅如梦似幻的江南景致。

　　清华大学美术学院的一位教授说，欣赏陈爱明的青瓷作品，不论你盯着它看多久，你的眼睛都不会感到疲累；而你的心情也会越来越平静。因此，喜欢青瓷的人，都有一点闲情雅致，因为一份浮躁的情绪决定你根本无法真正欣赏青瓷的美。而这一点，正是陈爱明一直所追求的。他认为，一件精美的作品摆放在那里，观赏者不必言，作品本身就蕴涵着浑厚的艺术气息。这种艺术气息就像古代精美瓷器经过历史沉淀后自然透出的声音，美丽而舒畅。一位他的瓷迷说，陈爱明的青瓷作品给人很温和、很舒服的感觉，一旦你看进去，就拔不出来了！

在艺术探索的道路上，陈爱明永远都不会停歇。当今，每一个人都在期待看到中国伟大陶瓷艺术的复兴，看到真正属于中国文化的陶瓷艺术的再生。陈爱明正如一位沉静的麦田守望者，在他的陶瓷艺术世界耕耘收获，以他不断的创造拉近着我们与自然与传统的距离。

陈爱明是沉默的，但他又是艺术的！因为他创造了中国青瓷最美丽的装饰语言。

中国第一青瓷之家

那年，上海南京东路步行街。

一位普通的老人手拎一个普通大衣袋匆匆走过，走进了上海陶瓷博览中心。

路人谁也不知道，他就是中国工艺美术大师、两届全国人大代表、中国非物质文化遗产龙泉青瓷的传承人徐朝兴。而他手上拎着的是自己做的一个青瓷粉盒，这个粉盒有人开价百万以上他都不卖。

身为青瓷界泰斗、浙江省青瓷协会会长的徐朝兴，不但自己成为中国陶瓷科技界的奇才，享受国务院政府特殊津贴的专家，而且他全家在他的带领下，儿子、儿媳妇、妻子都成了青瓷界的"名人"：儿子徐凌是浙江省最年轻的工艺美术大师，儿媳妇竺娜亚是中国青瓷界有名的制壶大师，妻子韩红军的刻花技术在龙泉也曾名噪一时……

业内人士纷纷评价说，徐家是中国青瓷界名副其实的第一青瓷之家。

作为一家之主，徐朝兴都是清晨 5 点钟起床工作，千雕万琢抖出艺术珍品，其制作的青瓷粉盒一百万也不卖。在父亲的影响下，其子徐凌也一大早起床，跟随父亲研制青瓷。

作为一位海内外闻名的工艺美术大师，徐朝兴确实有点"怪"。

"怪"之一是他特别守时。到艺术巨匠韩美林家去，他提早了好几分钟到，就在门口等着，时间一到他才敲门。人家来找他也一样，徐朝兴提前就把茶泡好，先放三分之一的水，等客人来了再兑上热水，客人正好喝上不烫嘴。

"怪"之二是他创作时谁喊他也不回头。那天，徐朝兴正在工作室创作，一位领导来找他，见他背对着门，便喊他一声。徐朝兴没出声，也没回头。领导又喊了两声，徐朝兴仍没有回头应答。领导以为徐朝兴当上大师脾气大了，便下楼去了。徐朝兴其实知道是谁来找他，只是创作的当口丝毫不能分神。直到创作告一段落，徐朝兴才立马赶下楼跟那位领导解释缘由，打招呼。

徐朝兴从小经历坎坷，他把全部心思都用在制作青瓷中。20世纪 50 年代劳动竞赛中，他创造的单日拉坯产量纪录至今无人能破。徐朝兴向记者展示他的手臂，年已 65 岁的他手臂肌肉强健。他说，日本客人曾跟他掰手腕，结果他连赢三场。"我们龙泉青瓷跟景德镇不同，做一件青瓷，从选料、造型、拉坯到做釉水等所有工序都是一个人独立完成，我的肌肉就是常年拉坯练出来的。"

1982 年，龙泉县领导先斩后奏，把徐朝兴从工人连升六级破格提拔为龙泉青瓷研究所所长。为了青瓷，徐朝兴不断思考创新，作品连续在全国陶瓷评比上获第一名，并作为国礼赠送给外国元首。为了青瓷，徐朝兴还差点搭上性命。他曾因在工地上巡查时间过久，昏倒后脑着地，昏迷了两天，休养了半年才恢复。徐朝兴说："本来我想就此退休的，但作为青瓷的传承人，我感觉责任重大，我要为青瓷留下更多的经典作品，还要培养一批后继者把青瓷文化发扬光大。"

徐朝兴平时孤守象牙塔，生活俭朴，他参加从艺50周年展时穿的衬衫还是一位收藏家硬拉着给他买的。但为了青瓷，徐朝兴却一掷千金，不但建造了颇有规模的龙泉朝兴青瓷苑，每年为中国美院的学生提供免费学习和吃住，还收了十几个徒弟，更在上海共和新路917号开设了青瓷事业部。徐朝兴要让更多的人体会到当年周总理提出恢复中国古代青瓷仿制的文化深意。

为了从艺50周年回顾展，他特地做了一个灵感来自宋代的青瓷粉盒，粉盒器形硕大，盖上以后必须用手指甲用力才能撬开，但是在口沿处加点水的话，盒盖居然能自由转动。由于青瓷的收缩率极高，做到严丝合缝的话，必须得是手艺加天意才行，徐朝兴做了十多次，才成功了这么一次，达到了瓷器界大师们梦寐以求的境地，所以收藏家开再高的价，他也舍不得卖。

因此，在许多人眼里，徐朝兴是国宝级人物。

在龙泉3000多名艺人中，徐朝兴的儿子徐凌是年轻艺人中最杰出的代表。徐凌作品清新淡雅，视角独特，工艺精湛，釉色晶莹，在青瓷界独树一帜。

徐朝兴是中国工艺美术大师，第八、九届全国人大代表，中国工艺美术学会高级会员，中国工业设计协会会员，浙江省青瓷协会会长，是目前活跃在中国青瓷界的代表人物之一。耳濡目染，小时候的徐凌就在父亲身边玩泥巴，捏泥人，对制作盘盘罐罐产生了浓厚的兴趣。

1990年，对龙泉青瓷有浓厚兴趣的徐凌选择报考中国美院，被设计专业录取。在大学里，徐凌如鱼得水，如饥似渴地学习设计方面的知识。

1993年，他从中国美院毕业后，又到外资企业做设计工作，取长补短，积累实践经验。后他又东赴日本考察学习日本的陶瓷业。在日本学习的一年时间里，他刻苦钻研，融会贯通，借鉴西洋艺术之长，在陶瓷艺术领域里尽情地遨游。

回国后，徐凌和父亲一起共同研究制作龙泉青瓷。1998年5月，徐凌把自己关在房间里整整思考了一个星期。当时其父也不能理解他的行为。一个星期后，一个打破传统、很有创新的龙泉哥窑设计图样出来了。徐朝兴一看，眼睛一亮，大为震惊——这设计实在太美了。又过一个星期，设计图变成了实物，一件精美的青瓷诞生了。这件取名为《手足情》的作品，当年获第六届全国陶瓷艺术设计创新评比优秀奖。

艺术的追求是永无止境的。面对成绩，徐凌又开始设计创新，可以说是一发不可收了：2000年创造的作品《江南春》和《哥窑刻牡丹瓶》获杭州西湖博览会首届中国工艺美术大师作品暨美术精品博览会优秀创作奖和铜奖；2001年应邀赴韩国参加第六届韩国康津中韩青瓷文化交流，其作品深受好评；2001年其作品《秋韵》获首届（杭州）国际民间手工艺品展览会金奖，同年作品《灰釉器皿》参加第一届全国陶瓷工艺设计展览和评比，深受专家好评；也是在这一年，作品《秋韵系列》获杭州博览会第二届中国工艺美术大师作品暨工艺美术精品博览会金奖；2002年，他的作品《秋之恋》获第七届全国陶瓷艺术设计创新评比金奖；2006年，他的作品又获第八届全国陶瓷艺术设计创新评比铜奖……他举不胜举的作品创新和来之不易的荣誉让国内陶瓷界的专家叹为观止……

近些年来，成熟后的徐凌是龙泉青瓷界最年轻的浙江省工艺美术大师，创作如鱼得水。

徐朝兴儿媳妇竺娜亚长得水灵灵的，你绝对想不到她会与青瓷打交道，但业内人士纷纷评价说，30多岁的竺娜亚目前是中国青瓷界出名的制壶大师了。

2005年冬天，记者跟随杭州市青瓷沙龙协会的瓷迷前往龙泉第一次认识了娜亚。那时，娜亚在龙泉已小有名气，是国内青瓷界冒出的新秀。那时我始终不敢相信，眼前这位漂亮的年轻女人那柔和的手怎么会和泥巴打交道呢？

但我不得不相信，她就是徐朝兴的儿媳妇、徐凌之妻竺娜亚。她捏泥巴的手是那么自然，做出的作品是那么温润如玉、精湛晶莹。我暗暗想：这个女人好生了得！

后来我逐步听说她的作品很紧俏，一年的产量也不高，早早地就被瓷迷订了。在她的工作室，她小试身手，脚踩着机器，把一团泥玩得很美观，这就叫拉坯成型。在这之前，要练泥；在这之后，要施釉，然后入窑焙烧。每一步程序都需要技术，制成的器物几乎不吸水。娜亚告诉我说，聪明的中国人创造了聪明的瓷器，把外国人给镇住了。早在3000多年前，在我国的商代已经生产出原始青瓷;公元 2 世纪,在东汉时期,已烧制出了比较成熟的青瓷。外国人直到 16 世纪才学到了我们制作瓷器的技术。

长江后浪推前浪,一代新人换旧人。在徐朝兴的精心指导下,娜亚通过短短几年的努力,取得了骄人的成绩:2001 年,她的作品《梅子青青》获第二届中国工艺美术大师作品暨工艺美术精品博览会铜奖;2001 年,《牡丹梅子青》获第三届中国工艺美术精品博览会优秀奖;2002 年,《莲花香炉》入围丽水市首届旅游商品设计大赛;2002 年,《瓷舟》获第七届全国陶瓷艺术设计创新评比二等奖;2002 年,《新食器时代》获第七届全国陶瓷艺术设计创新评比二等奖;2002 年,《古往今来》获第七届全国陶瓷艺术设计创新评比优秀奖;2003 年,《润》获第二届全国陶瓷艺术展览入选奖;2003 年,《珊瑚》获浙江省工艺美术精品展优秀奖;2004 年,《玲珑香》获第五届中国工艺美术大师作品暨工艺美术精品博览会铜奖;2005 年,《热带》获第六届中国工艺美术大师作品暨工艺美术精品博览会金奖;2006 年,《巢》获第七届中国工艺美术大师作品暨工艺美术精品博览会铜奖;作品《饰》《壁灯》《忆》分别获第八届全国陶瓷艺术设计创新评比优秀奖、铜奖、银奖;2006 年,《青罐》获中国五大名窑展金奖……

去年 12 月,我听龙泉的朋友说娜亚做出了新产品,在中国青瓷界引起了轰动。我纳闷:娜亚又有什么精美作品呢?于是不管三七二十一,当天就风尘仆仆地赶到了龙泉。

娜亚依然是那么柔和,那么水灵灵。见我的急样,她小心翼翼地拿出了她的新作——青瓷作品《玉壶》。一见到它,我的心就差点要跳出来了,这把玉壶简直太漂亮了。

在这之前，我见过许多壶，也读过许多壶的历史。龙泉青瓷在最辉煌时期作为官窑贡献给了朝廷，没有留下唐法门寺式的璀璨茶具，青瓷的斗笠碗和执壶在盛行斗茶的宋代，不敌建州的兔毫盏，宋时的人们已主张"茶色白，宜黑盏"了。元明时，"茶盏以白者为上"了。明清期间，宜兴紫砂和景德镇青花瓷器异军突起……在"器为茶之父"的茗饮茶文化历史里，龙泉青瓷一直没有入其主流。

娜亚认为，茶文化的推动，绿茶文化的兴起，对重新定位青瓷茶具是一次历史性的机遇。越来越多的人喜欢喝茶品茶了，对泡茶器皿的要求也会越来越高，茶具市场的前景不可估量。碧玉青瓷泡绿茶，她认为用青瓷来冲泡绿茶是最合适不过了。在盛行茶道茶礼的日本和韩国，青瓷茶具十分流行。她提出要像开发仿古瓷和创作艺术瓷那样来开发青瓷茶具。目前最大的问题是设计能力，宜兴紫砂之所以风行市场，是因为紫砂有很好的群体创作的氛围。她多么希望龙泉的瓷器艺人不要放弃茶文化背景下的茶具市场。

凭着她对茶文化的领悟，娜亚设计与创作的茶具渐渐地有了名声。你看娜亚的《玉壶》，釉色周身透明，玲珑温润，精美如玉。《说文解字》曰："玉，石之美者，有五德。润泽以温，仁之方也……"这把壶达到了最高境界，即玉之壶，壶之魂也。其次，玉壶是全手工的。据我了解，壶是全手工做的稀少，即使在宜兴也极少。因为壶嘴和壶盖用手工是很难做的，一般的大师也不敢完成，而心灵手巧的娜亚不但做到了，而且完美程度达到了无可挑剔。你看，壶嘴非常讲究，内巢是蜂窝形的，孔细而均匀，茶叶流不出来。再看，壶盖内侧做了一圈有弧度的槽，不懂行的人以为这是用磨具完成的，而其实这是用女人细细的手一点一滴捏成的，精美绝伦。再看这把壶，整体变化多端，线条有圆、有直、有方，而实际上每一个部位的设计又都是那么和谐美妙。综合看，这把玉壶在使用性能上、整体和谐上、工艺水准上、艺术创造性上都达到了壶的最高境界。

娜亚之《玉壶》，壶之魂也。业内人士纷纷评价说，30 多岁的竺娜亚目前是中国青瓷界出名的制壶大师了。

法国青年丽水寻根

6 岁，他们都献出了无私的国路。

11 月 28 日，青田县城大街上寒风凛冽。

一位黄头发、蓝眼睛的外国小伙子走街串巷，焦急地向路人打听着什么。可人们听不懂他在说什么，他碰了几次壁后，分外焦急。

这老外是谁？来青田干什么？

正当老外万分失望的时候，一位好心人叫来了一位懂英语的年轻妇女。

老外遇到了"知音"，欣喜若狂。经过简短的交流后，这位妇女得知这位老外叫朱·帕特雷克·托马斯（下简称托马斯），是法国人，他此次不远万里来中国是为了寻根，寻找他在青田的亲人。可是他只知道爷爷、父亲的名字，有他们的照片，别无其他线索。

青田那么大，托马斯的亲人到底在哪里呢？

聪明的妇女把他带到了青田县侨办，侨办负责人陈志宁热情地接待了他。

在翻译的帮助下，托马斯闪烁着蓝蓝的眼睛向大家讲述了他那尘封已久的故事。

1929 年，托马斯的曾祖父朱振明和祖父朱汉亭一道背井离乡，乘船来到了法国的马塞，不久辗转到德国。那时恰是纳粹势力疯狂的年代，存在着严重的排外倾向，迫不得已，他俩只好前往东欧国家波兰。当时的波兰经济实力还挺不错，朱振明父子做起了皮鞋生意。

后来，朱汉亭在波兰首都华沙遇到了一位波兰女子，并结了婚。

1946 年，朱汉亭的儿子出生，取中国名为朱继林。朱继林就是托马斯的父亲。

中华人民共和国成立后，朱振明回到了青田，从此再也没有跨出国门。朱汉亭留在了波兰，虽在异国他乡，但海外赤子的心无时无刻不牵挂着国内的亲人。1960 年前后，他随代表团回到了中国，在青田老家待了近三个月后，又飞回了波兰。

1970 年，托马斯在波兰出生，在他两岁的时候，父亲朱继林带着他来到了法国。在去法国之前，留在波兰的朱汉亭前往中国驻波兰大使馆为孙子托马斯办领了中国护照，并深情地嘱咐儿子朱继林以后要回到中国去探亲。

托马斯一直在法国长大，只会说法语和英语，由于语言上的障碍、交通上的不便，他很少与祖父沟通。祖父于 1992 年在华沙去世，父亲于去年去世。父亲临死前嘱咐他一定要回到中国寻亲，并叫他记住，他的根在中国。

1994 年，托马斯在法国巴黎 Davphine 大学毕业后，在一家杂志社工作。父亲临死前的嘱咐，他在工作之余时常想起，曾祖父在中国青田哪里？那边还有亲人吗？他们生活怎么样……这一切都牵动着他的心，于是他萌发了来中国寻根的念头……

县侨办的工作人员听了托马斯的介绍后，被深深地感动了，他们会同县侨联共同组织了一个"寻亲小组"，帮助他在青田寻亲。

青田人们热情地向法国青年伸出了援助之手。

托马斯的亲人究竟在青田哪里呢？

仅凭几张照片，青田那么大，出国的人那么多，到哪里去找呢？

"寻亲小组"先找到了该县原侨联主席朱祥，今年 90 岁的他正在住院，20 世纪 60 年代朱汉亭跟随代表团来中国访问时，他曾经接待过。

一听说是老外来寻亲，朱祥一骨碌从病床上坐起来。他认真地回忆着，不顾自己体弱多病，特意走到街上买了一张 IP 卡电话，就往波兰他认识的几个人家里打电话。可不巧的是，他认识的几位老华侨都一一过世了。

紧接着，"寻亲小组"拜访了老侨务工作者金碎明、林焕元、吴心连、戴鹤鸣等人，结果都杳无音信。

"可能县公安局有记录。"有人提议说。于是"寻亲小组"又马不停蹄地赶到了县公安局外事科，在电脑前一番搜索后，仍然一无所获。可热心的民警帮助他们找到了 20 世纪 60 年代曾在公安局工作过的老王。老王说，当时县公安局外事科还没有设立，而具体的档案材料是在随后几年才有的。对于那次代表团的来访，他只记得有这回事，至于朱汉亭这个人，事隔多年，他也没有印象了。

线索断了……

难道就找不到托马斯的亲人？

12月4日、6日，《青田侨乡报》、青田电视台等媒体纷纷报道了法国青年来青田寻亲的消息。

一石激起千层浪，小到6岁，大到七八十岁，人们纷纷提供线索，帮助托马斯寻找亲人。

有的建议到油竹和温溪去找一找，那边华侨多，姓朱的人也多。"寻亲小组"立即和托马斯驱车前往，在当地询问了许多老人后，最终也没有消息……

有的建议翻姓朱人的族谱，也许会发现一丝线索。"寻亲小组"又搬来了许多族谱，和托马斯一起翻了一天一夜后，最终也没有消息……

有人提供消息称鹤城镇东堡村曾有人从波兰回来，他们又赶赴东堡村。在那里，托马斯把爷爷和父亲的照片递给那位从波兰回来的老华侨的侄子。这位侄子看了半天后，他说有点像，他回忆他的叔叔有两个儿子和一个女儿，也是在二战之前出去的。这么多的巧合，会不会就是在这里呢？然而结果又一次让人失望……

……

每到一处，托马斯都受到了青田各地群众的热情招待。

为了能尽快找到托马斯的亲人，"寻亲小组"将他带来的有关资料向各个可能存在的方向传送。

此时，千千万万的青田人民给予了这位有青田血统的法国青年特别的关心：有打来电话安慰的；有继续提供线索的；有专程跑来看望他的……

特别的爱给特别的法国朋友。

对此，托马斯无限深情地说："我虽然一时找不到亲人，但每一位青田人民给予了我的无私帮助和关心，胜似亲人，我能交到那么多的青田朋友，非常高兴。"

爱是不需要国界的，国际友谊传万里。

一晃一个星期过去了，"寻亲小组"继续在找着。他们打了上千个电话，走访了上百个村庄，都没有结果。

托马斯在中国逗留的时间不长，他要回到法国了。

临离别前，他泪流满面，依依不舍地多次和"寻亲小组"的成员拥抱，他说，青田人这么热情，他永生难忘，他为能拥有中国血统而感到高兴……一旦有亲人的消息，他还会再次来青田……

12月7日，托马斯离开了青田，而"寻亲小组"继续为他的事奔波着。

也就是在该日晚上，该县侨办和侨联的几位同志与温州来的几位归国华侨吃饭时，谈起了托马斯来青田寻根的故事。此时，一同就餐的刘焕民提供了一条重要线索——朱汉亭的一个外甥叫叶洪生，现住在温州瓯海区南白象镇霞坊村。

得知这一重要线索后，"寻亲小组"立即于次日赶赴温州。在经过一番周折后，他们终于在温州瓯海区南白象镇霞坊村的一家快餐店里找到了叶洪生。经过确认后，叶洪生就是托马斯的表叔（托马斯的祖父朱汉亭和叶洪生的母亲朱金杏是亲兄妹关系）。

"寻亲小组"立即通过翻译电告了正要上飞机的托马斯……

12月10日，青田大街暖融融，青田侨联的会议室里更是热闹非凡。

叶洪生和爱人从温州赶来了；

托马斯在青田的亲人也来了；

托马斯从广州赶回了青田。

大家济济一堂，当叶洪生拿出保存了很多年的托马斯祖父一家人的老照片和托马斯祖父写给叶洪生母亲的信时，这位32岁的法国青年的眼睛刹那间湿润了，他紧紧地抱住叶洪生，用不大流畅的中文说："叔叔，见到您非常惊奇！非常高兴！"

叶洪生望着眼前这位就是自己亲人的法国青年时，同样泪流满面……

千山万水隔不了血缘关系。

通过了解，托马斯的曾祖父是青田县章旦乡人，于四十年前去世……随后，在大家的陪伴下，托马斯来到了青田后山曾祖父的坟墓前献上鲜花，在一阵鞭炮声中，他长跪不起……

该日晚上，托马斯"回家"了——他前往青田县城的亲戚家里吃晚饭。与亲人相聚，他特别高兴，举着大杯的啤酒，大声地用汉语喊着："干杯！"

席间，他通过翻译告诉记者说："在这么短的时间内，我就找到了亲人，真是不可思议！我非常感谢'寻亲小组'的每一位成员，同时非常感谢千千万万的青田人民对我的关心！没有他们的支持，我也许永远找不到亲人。如今我找到了亲人，这对我的人生非常重要，也许可能是个转折点，以后有可能我会在青田投资，也有可能在中国工作。我回去以后准备写一篇文章，在自己的杂志上发表，让所有的法国人都知道中国人是好客的，希望越来越多的法国人来中国发展……"

离开他们家时，我们看见他们正在拍全家福，站在中间的托马斯笑得特别灿烂。

但愿他们的亲情代代相传。

青田鱼灯闹京城

1999 年 10 月 1 日晚上，天安门广场金树银花，流光溢彩，整个广场人如海，歌如潮，花似锦。党和国家领导人与十余万群众参加首都国庆焰火联欢晚会。8 时，联欢晚会中的表演区以《祝福你，祖国》为主题的盛大演出拉开序幕！9 时多，来自青田县的鲤鱼灯与海宁荷花灯、余杭滚灯组成浙江代表队隆重登场。青田鱼灯造型精美，舞蹈动作刚劲有力，变化多样，给全国观众留下了深刻的印象。晚会结束，首都国庆联欢晚会指挥部负责人说：青田鱼灯给人耳目一新，有较高艺术水准，充分体现了江南灯舞特色。10 月 7 日，青田鱼灯队圆满完成庆典任务后，回到家乡青田，记者专程前往采访。

9 月 17 日，青田鱼灯队 20 人经过四个月的训练后，在该县宣传部部长张建国、文化局局长叶伯军的带领下前往杭州，与海宁荷花队、余杭滚灯队会合组成浙江代表队，19 日下午到达首都北京。

一下火车，就有专车把浙江代表队载到表演队驻地北京体育师范学院学生公寓。这个驻地有来自云南、广东、甘肃共 13 个省 1400 多名演员。

浙江省代表队的节目要和北京西城区合排，队员 2 时 50 分到驻地，3 时就要排练，队员连擦把脸的机会都没有。

9 月 20 日，队员早上 6 时起床，按时训练，一直到晚上 9 时。由于北京气候干燥、气温低、风沙大，队员训练强度大。青田鱼灯队有的队员水土不服，开始流鼻涕患感冒，队员陈连兵原来在青田就受伤，10 公斤重的鱼灯一举身上就疼，可他还是咬紧牙关，坚持训练。

9 月 21 日，总编导要求队员从早上 6 时训练到晚上 10 时。余杭一位姑娘当场晕倒。青田队员拖着疲惫的脚步回到寝室。队员黄云弟说，这次演出训练不亚于上战场啊！

22 日和 23 日继续训练。鱼灯队有的队员终于站不住，晚上挂盐水。24 日，训练放在北京市昌平县坦克基地进行。浙江代表队乘车前往。两小时后，到达基地，马上训练。中午吃饭，没有一张凳，大家席地而坐，由于体能消耗大，大家吃得津津有味。一天下来，每人满脸风沙，脸绷得紧，晚上大家抢涂唇膏，鱼灯队 20 人中有 18 人感冒，但每个人都。

27 日零时，在天安门广场进行演前排练，中央电视台做了实况录像。中央领导到场观看。那天风特别大，演出结束时，每个人抢水喝。如果 10 月 1 日下雨，这天晚上的实况录像将向全世界播放。

在所有代表队中，浙江队的道具最重。而浙江队中余杭与海宁两队都是女同志，自然每次道具的上下车装运都落到青田的小伙子身上。青田队员从无怨言，每次训练都出色完成任务。他们说得好：流血流汗不流泪，掉皮掉肉不掉队。

据悉，国家以往的庆典活动里从没出现过"鱼"。这次青田的鲤鱼灯闹京城，可谓破天荒。有位领导人说，甘肃兰州太平鼓称天下第一鼓，重庆市铜梁龙可谓天下第一龙，而青田鱼灯可谓"天下第一鱼"。

10月1日，举国欢庆中华人民共和国成立50周年。青田鱼灯队员聚精会神地在电视机前观看阅兵式等节目。下午2时30分，每位队员吃过点心与1400多名演员一起从驻地乘车出发；4时30分，到达天安门广场。

此时的天安门广场到处是花的海洋、歌的海洋、舞的海洋、人的海洋……1000多名大学生组成的镶边队伍，10万群众组成的集体舞等早已到场。

青田鱼灯队演出前站地是中国历史博物馆门口。队员席地而坐，大家感受着祖国母亲50岁生日的热烈氛围，心情澎湃不已。下午5时30分，大家一边啃着发来的面包（当晚饭），一边喝着矿泉水。

晚上8时，一台以《祝福你，祖国》为主题的盛大演出拉开序幕，晚会分三个篇章、十六个表演方阵，进行行进式演出。演出分五个区，第一、五区是集结区，第二区是进场副表演区，第三区才是中心表演区。

青田鱼灯表演属第二篇章"吟中华流光溢彩"第二方阵"华夏春满园"节目。晚上8时45分，青田鱼灯队进入第一集结区，迎着上个节目"大地飞红灯"的节拍进入第二进场副表演区。此时，每个队员都激动万分，心跳加快。队员郭友平说："此时我感觉祖国很繁荣很昌盛，希望青田鱼灯能在全国电视观众前被引起注意，为丽水人民争光！"

晚上9点多，天安门上空回荡着悦耳的声音："来自浙江海宁花灯、余杭滚灯、青田鱼灯出现了……鲜艳的荷花灯、摇尾'戏水'的鲤鱼灯、技巧夺火的滚灯，在相互穿插表演，使场上的画面绚丽动人……"20位青田鱼灯队员雄起起气昂昂地在天安门广场刚劲有力地舞动着鱼灯，时而"春潮涌鱼"，时而"春鱼戏水"，时而"夏鱼跳滩"，时而"秋鱼恋浒"，时而"冬鱼跃峡"，时而"鲤鱼化龙"等，祝愿祖国欣欣向荣、繁荣昌盛。整个表演过程历时13分18秒，为整台晚会最长节目。

当青田鱼灯从第五区疏散出来时，镶边的大学生队伍看着富有想象力、做工精美、有浓郁江南文化特色的鱼灯时，都纷纷赞不绝口，并要求与鱼灯合影拍照。队员郭友平说："我的鱼灯被大学生拿去拍照就有二三十回。"

青田鱼灯每到一处，都会引起轰动，小孩看、老人看、中年人看，并纷纷说："龙！龙！龙！"看完之后说："恐龙！恐龙！恐龙！"最后又说："龙鱼！龙鱼！龙鱼！"连武警也很稀奇地问："你们那是什么东西？"观礼台上很多有身份的人也纷纷过来，要求与鱼灯合影留念。意大利两位记者连连拍照，不断称赞。

你拍，我拍，大家一起与鱼灯合影留念，结果，青田鱼灯最后一个退场。

10月2日，青田鱼灯由于在晚会上的突出表演，被选送到劳动文化宫进行表演。党和国家领导人到场观看，那个激动人心的时刻令人无比兴奋。

壮士豪迈去，载誉凯旋归。10 月 7 日，青田县委、县府为载誉归来的青田鱼灯队举行庆功会。青田鱼灯，民间艺术一绝，大放光彩。

农民当上古村"第一导"

　　先是一个繁忙的小镇,接着是走过有悠久历史的古桥,然后河阳的"十八间"、八士门、古街逐渐明晰,还有那古民居里的木雕牛腿、马头屋檐和着历史的影子梦幻般地呈现……我们和着春日美妙的阳光,就这样一头撞进了河阳。

　　移步换景。当我们如梦如幻仿佛进入明清时代的时候,更惊诧于身旁导游巧舌如簧的嘴巴,深渊广博的历史文化知识,深情投入的解说……

　　这位导游就是河阳村土生土长的农民——朱勇华。

　　市委领导曾这样评价他:"我对丽水市其他地方的导游都不满意,你是'丽水第一导'!"

　　省委领导评价他说:"你也是河阳的一大宝!"

　　专家学者评价他说:"你是学者型、教授级的导游!"

　　朱勇华没进过导游培训班,是一位土生土长的农民,为什么大家会对他的导游水平有那么高的评价呢?

　　在朱勇华的记忆里,河阳是一位神秘的古人,隐藏着许多鲜为人知的故事，甚至河阳的一砖一瓦都有故事，一砖一瓦都有生命。

河阳的一切，总是那么魂牵梦绕地牵扯着小时候的朱勇华。

他是在父辈每天讲述河阳的故事中长大的。

从小他就知道，河阳有耕读传家，重农经商的优良传统。这使得河阳既是书香仕宦，又是富甲一方的望族。河阳曾有过宰相一名，他叫朱胜非，南宋时曾两度为相，户部尚书一名朱夏卿，刑部尚书一名朱沣，有进士八名，郎官大夫几十人，有国子监丞、监察御史、亚中大夫、嘉议大夫、中书舍人、刑部侍郎、太常博士、通判知县等。明清时期河阳还有二十四名诗人，并有一名女诗人朱菊，形成了"义阳诗派"，名噪全国。

父辈经常跟朱勇华讲这些的目的就是希望他能出人头地，混个一官半职。然而长大后的朱勇华既没有从政，也没有从商，现在最多算是个丰衣足食的农民。

朱勇华的解说词总是那么有魅力。

你一边看古民居，一边不得不研读朱勇华，这位农民出身的导游怎么会有如此丰富的历史文化知识。

河阳进入旅游开发时代是在 2000 年以后，当时是由村委领导提出来的。朱勇华是个积极的倡导者，他把家里的古式家具、古式农具等都搬到了村中的祠堂里，供游客观赏，还到处鼓动村里人积极配合旅游开发。

在大家的印象里，导游大多是由相貌相对出众的年轻人担任的，尤其以貌美女性居多。河阳村进入旅游开发的时候，也是聘请了一位相貌出众的女孩担任导游的。

到了 2005 年，随着河阳知名度的提高，前往河阳旅游、写生、拍照的人越来越多，一个导游都忙不过来。这时候，朱勇华自告奋勇放弃农事，免费出来为村里当导游。

在出来当导游之前，朱勇华"闭关"了一个月，硬是写出了长达两万字的解说词。然后反复背诵，直到滚瓜烂熟。他生怕自己把河阳说得不到位，生怕游客不爱听，又抓住亲朋好友解说了一遍又一遍，直到自己满意为止。

"各位游客，请注意看地上，地上有个鹅卵石砌的'铜钱'。这个'铜钱'有预报天气的作用。这些道道是用砖头砌起来的。砖头浸过盐卤水，盐水有吸潮作用，若久晴转阴，空气中水分增加，地上的这几条砖道就会潮湿，这是古人的一种生活智慧。"

"另外这个'铜钱'不是整个的，它缺一角，这是'招财进宝'的意思，说这个'铜钱'已经进门了。"

"中国文化有一个很大的特点：含蓄，有话不直接说，喜欢拐弯、委婉。梁三伯、祝英台十八相送时，祝英台表示爱情就十分含蓄。要在这里写上'招财进宝'那就俗了，我们这里是书香门第。这就是中国人的思维与表达方式，这种含蓄在古建筑群里随处可见。"

这些解说词优美、幽默、故事性强。

朱勇华一出来当导游，就在河阳村引起了"地震"：

"地震"一：游客大为赞赏，称他是专家级、教授级的导游。

"地震"二：原先的女导游解说词是 20 多分钟，她没解说完，游客就不想听了。朱勇华的解说词是一个多小时，解说完了，游客还想听。

"地震"三：与其说朱勇华是在解说，不如说是在演讲，声情并茂，语气抑扬顿挫，令人听了津津有味。

过了段时间，女导游就渐渐地被朱勇华取代了。

这位今年45岁的农民可真有魅力。

在朱和勇的解说词里，河阳就是那么神奇。来什么游客就说什么词，他对河阳古民居的解说水平到了游刃有余的地步了。

对河阳滚瓜烂熟的朱和勇，为了满足不同游客所需，他对不同的游客，解说不同的话语。对从政的游客，他就解说河阳的官场名人多一些。

如果游客以妇女居多，他就给游客说古代河阳贞节的故事多一些。此时他会这样解说：这里就是河阳有名的马头墙了。马头墙上集中了三十多个马头，集了河阳"十八间"古民居外墙建筑之精华。这面马头墙上面有块檐墙，下面有个门，边上有两个窗户。好端端的门与窗户，为什么有一堵围墙给围住了呢？这里有个故事，这幢大院里住着两位兄弟，都是十分富裕的人家。其中一位在七十岁生日时，亲戚送给他一副对联："八字一门千万选，七旬九子十三孙。"九子十三孙在封建社会何等荣耀。另外一位住在这一边的兄弟到了五十岁还没有儿子，有说是七个有说是八个女儿。孟子云："不孝有三，无后为大。"这么大的一份家产也没人继承，那这老头得想办法弄一儿子。从青田县纳了一房妾，年轻貌美，不到二十岁。小妾怀孕时，到村外的庙里去进香，求保佑自己千万要生一个儿子。在回来的路上看到有一位乡亲在挖芋。为讨个好兆头，就问了："某人哪，今年的芋奶收成怎样？"那挖芋的老头头都不抬说了一句："别提了，一个父亲换一个儿子。"他说者无意，说的是今年的芋奶歉收，种一个才长一个。那听者有心：我要真生一个儿子，我老头要与儿子换？很不幸，这句话果真应了验。第二年，小妾真生了一个白白胖胖的儿子。儿子满月前后，老头就病死了。那么就留下一位年轻、美貌的小妾。县城有一姓丁的先生是位秀才，人很聪明，家境比较贫寒，给这些大户人家收收租，记记账，正月的时候排一些民间小戏。这位秀才是个风流倜傥，英俊潇洒的年轻人，一来二往与小妾有了私情。我河阳这个家族有古代妇女用青春与血泪熬成的三十六块贞节匾，六座贞节牌坊。在这么强大的封建礼教氛围之下，出了这事，那是有辱门风。族人发现后将小妾吊在院子里的柱子上，但想想又不对，外院人要进来要问起，不好回答，家丑不可外扬。最终把小妾吊在这个烟囱后面的楼上的一谷仓里，没多少天小妾就在谷仓里自尽了。然后就会有这样一堵围墙，为了防止红杏再次出墙，亡羊补牢。因为这个故事真实的，有名有姓，只是不便说罢了。那个儿子生下来之后，下一代又是儿孙满堂、人丁兴旺，现在还有许多子孙。他们曾经交涉过，说我们揭他们祖上的短。但从现代人的观点看，这个小妾是对自己美满爱情的大胆追求，是对封建礼教制度的挑战与抗争，是值得歌颂的，绝大多数的游客都同意我这种看法。

如果游客是知识分子多一些，他的解说词会偏向古代民居的建筑特色上。

如果游客是摄影爱好者，他会带着他们到不同的角度取景，直到他们拍到满意的摄影作品……

……

　　在朱勇华的解说词里，河阳就是那么神奇。而他对河阳古民居的解说水平已经到了游刃有余的地步了。

　　听着，听着，听着。

　　朱勇华巧嘴里的河阳，总是那么魂牵梦绕地牵扯着我们。

文化"明星"

仲春的夜晚，月亮升起来。天上的星星疏疏淡淡，蛙声时近时远，给人一种如梦如幻的感觉。

大山深处的缙云县大源镇大源村格外安宁静谧，远远传来阵阵琴瑟之声，那是农民李茂光组织的农夫乐队在排练节目《知荣辱做合法公民》，其寓教于乐的文娱形式感染了在场的每一位农民观众。

十三年来，李茂光私人出资 4 万余元组建农夫乐队，自任导演，花钱请人编排群众喜闻乐见、贴近时代的文艺节目两百余个，免费送戏到农家。一缕缕文明之风吹遍了大山深处，为农民送去了文化快餐。

"老李，去农夫乐队看正在排演的节目《知荣辱做合法公民》！"

"老张，把孩子带到农夫乐队去听听什么是'八荣八耻'！"

4 月 29 日晚饭后，大源镇大源村的街头巷尾不时传来村民相约前往农夫乐队的声音。

今年 56 岁的李茂光是缙云县大源镇一个县级文化示范户，从小热爱文艺表演，相声、故事、小品、婺剧，表演、编排、吹拉弹唱样样通，被当地群众亲切地称为"农民艺术家"。

20 世纪 90 年代初，大源镇来了一个工作组，宣传相关工作，准备在每个村开一次村民大会。在大源村开第一次会议的时候，工作组在高音喇叭里通知了多次，仍没有村民来参加。于是有人提议：让李茂光父子排演几个节目，通过寓教于乐的文娱形式宣传工作内容，村民们肯定会前来观看。

果然不出所料，前去观看李茂光父子演节目的村民人山人海，掌声雷动，达到了预期的教育目的。

于是，工作组、镇党委在每次开展党的方针政策宣传的时候，就把李茂光请来编节目，通过文娱的形式宣传。

李茂光是个实在的人，又是一个对文艺情有独钟的人。对他来说，每次演出都是义务，每次都要去县城借道具，时间久了，他觉得太烦琐。于是，有一天他召开家庭会议：家里不富裕，就贷款去买乐器。

对此，妻子很不理解，一年家里收入才几千元，要花那么多冤枉钱去办农夫乐队，值得吗？可最后李茂光还是说服了妻子。

1993 年，他贷款 1.6 万元购买了戏装道具，吸收了大源镇各个村的农民文艺骨干 20 多名，成立了农夫乐队。

十三年来，李茂光自编自导的宣传党的方针政策的节目就有107 个，如《"三个代表"在我村》《扬鞭催马运粮忙》《四个大嫂话致富》……这些节目把党的方针政策和当地发生的人、事相结合，政策性强，宣传效果好，成了农民群众了解党的方针政策的重要渠道。

"地痞流氓结成团，胡作非为到处玩，再讲一句打打你，拘留去。个别人员寻事端，横行不法作恶孽，杀人抢劫偷拐卖，从重判。人民日报发社论，严厉打击手不软，犯罪分子要清醒，快投案……"

这是李茂光编的"三句半"，脍炙人口，通俗易懂，通过他的农夫乐队演出后，有效地达到了教育目的。

除此之外，李茂光编导的节目《娘与邻居》《慈母泪》《碑》《醒悟》……都深受群众的欢迎。他还举办了两届"警民春节联欢晚会"：2001年，针对社会上赌博现象严重、治安不是很好等现象，他主动和大源镇派出所联系，民警与农夫乐队成员一起自编自导了16个反映构建和谐社会的节目。节目演出时，各村群众都赶到大源村观看，人山人海，掌声不绝……2003年，他又和当地派出所、相邻的仙居县溪港乡派出所共同举办了第二届"警民春节联欢晚会"，通过文娱宣传的形式有效地促进了当地社会的和谐，传播了社会主义公民道德。

2004年1月7日，他的农夫乐队成员发展到61名，并募捐到了6000元，加上他自己贷了近3万元钱购买了戏装道具、民族乐器，成为缙云县农村拥有最好乐器的农夫乐队。

当年4月，缙云县委宣传部、县林业局等联合举办森林防火宣传文艺晚会，农夫乐队编排了三句半《文明祭祖莫用火》；5月，他受大源镇政府委托，编排了一台以法制宣传为内容的文艺节目下村演出，教育群众知法、懂法、用法、守法；12月，他在青少年自护教育演出中编排《悔改》节目，教育青少年遵规守纪，并在全镇举办了一场加强法制教育的农村音乐会。

2005 年，为了进一步配合法制宣传，李茂光自编自导 37 个节目，原打算带领农夫乐队在全镇范围内免费演 12 场，后来应广大群众的迫切要求，连演了 48 场。大源镇有个叫黄泥垅的偏僻小山村，汽车不能到达，到大源镇要走 15 千米的山路，听说文艺队要到他们那里去免费演出，全村 200 多人争先恐后抢着把农夫乐队的 53 只戏箱都搬了上去，农夫乐队在黄泥垅村的表演博得了全村人雷鸣般的掌声。村里老支书看完演出后激动地说："我们这个村已经五十多年没演过戏了，今天看了这么精彩的演出，真是太高兴了！"通过这次宣传，村民法治意识增强了，促进了村里的和谐……

点亮一盏灯，照亮一大片。

李茂光为全镇的群众免费送去了文化快餐，但他自己这么多年来却负债累累。他贷款 4 万多元买乐器、道具，自己和儿子还了部分外，至今还欠 1.8 万元。每次他编好节目请农夫乐队的成员来排演时，他都自己掏腰包给乐队成员付 20 元到 25 元的误工补贴，仅去年他就为此付了 1 万多元的误工补贴，还每次请人烧饭免费招待农夫乐队成员。

为此，有个别村里人说他是"大傻瓜"。

对此，李茂光是这样认为的："我家是县级农村文化示范户，是广大农民群众接受文化娱乐的场所，是党密切联系群众的桥梁纽带。我的农夫乐队能为群众带去欢乐，为群众带去文化快餐，我个人吃亏点没有什么关系……"

舍小家，顾大家。

李茂光很执着。十三年来，他的农夫乐队几乎演遍了大源镇每一个村庄，还在大源镇和其他乡镇 8 个村里开了 8 场春节联欢晚会。哪一村哪一年变化最大、成绩最好，他就把他的农夫乐队拉到那个村去免费开春节联欢晚会。2004 年，岭后村投资建设大型水电站，他就把农夫乐队拉到村里献上了一台春节联欢晚会；2005 年，高畈村道路硬化加宽、村庄整治成绩突出，他就为高畈村专门编了一个节目《三喜临门》，并为这个村献上了 16 个节目……

同时，他还帮助大源镇其他 7 个村建立了 7 个文艺演出队。这 7 个文艺演出队活跃在大源镇，丰富了群众业余文化生活。

李茂光所坚持的文化娱乐活动已经被周围的群众深深接受，并且许多群众也深深喜爱上了文艺表演。正是李茂光多年的坚持，让那些原本只是"面朝黄土背朝天"的农民也有到舞台上进行表演的机会。李茂光和他的农夫乐队在大源镇各乡村舞台表演的时候，村民会发现在台上演出的人可能就是隔壁的大叔大妈甚至是自己的丈夫妻子，台上演的很可能就是昨天刚刚在大源镇发生过的事情，与群众距离近，群众自然喜欢看。李茂光的农夫乐队经常为群众送去文化快餐，李茂光的名字在大源镇家喻户晓，他也成为大源镇乃至缙云县的"明星"。

人猴不了情

2004 年大年初一早上，猴年的鞭炮声不绝于耳的时候，庆元县广电局退休职工叶新隆带着香蕉、苹果、玩具等东西，乘车直奔佳佳家"拜年"。佳佳的家在长年云雾缭绕的庆元县千岗坑原始森林区，它已在那里生活了三年时间。

今年四岁的佳佳是一只小猕猴，叶新隆自四年前认识它以来，每天都牵挂着它，做的梦里也常常有佳佳。佳佳虽然是动物，可叶新隆和佳佳的深厚感情不亚于他和孙子的感情，他们之间演绎了一段感人的人间佳话……

2000 年 5 月 28 日清晨 5 时许，庆元县五大堡乡杨楼村村民吴立云突然听到自家的狗在汪汪叫，以为发生了什么事，立即翻身起床，出门看个究竟。顺着狗叫的方位，他找到厨房里，惊奇地发现了深山"贵客"——一只小猕猴。

吴立云知道，猕猴是国家二级保护动物，非常珍贵。于是他立即向庆元县林业公安部门报告……

第二天上午，该县林业局有关专家和公安民警闻讯赶到该村。

经鉴定，这只小猕猴出生还不满一个月，估计是随猴群在附近活动时"掉队"了，因而误入农家。工作人员按规定接走小猕猴，付给吴立云100元养护费，可吴立云执意不收，说："保护野生动物是我们义不容辞的职责，这是我们应该做的事。"

接来小猕猴后，县林业公安民警却为如何护养犯愁了。如果现在就放归大自然，这么小的猕猴还不具备觅食能力，又怎么能生存下去？如果人工护养，可不到满月的猴子能养得活吗？

该县广电局新闻编辑叶新隆（当时还没有退休）在编稿过程中，看到这一消息后，喜出望外，赶忙跑到县林业局，说："我全家人都很爱护动物，恰好我家母狗产小狗不久，奶水充足，现在小狗全部送人了，就让我那母狗的奶水给小猕猴吃吧。"

"狗的奶小猕猴会吃吗？"林业公安民警充满疑惑地问。

"我家的小猫都很喜欢吃，我想小猕猴也会吃，就让我试试看吧。"

林业公安部门再三考虑，就抱着试试看的心态，同意了叶新隆的请求。

叶新隆将小猕猴抱回家时，全家人举行了"隆重"的欢迎仪式，有的要马上给小猕猴喂奶粉吃，有的为小猕猴做起了新衣服，有的为小猕猴取起了名字……叶新隆家的母狗因为从未见过这种"怪狗"，便对小猕猴"汪汪"猛叫，小猕猴看见狗也吓得吱吱惊叫，并拼命地东躲西藏。叶新隆情急之下，把狗按倒在地上，将它的奶头塞进小猕猴的嘴里，并用手挤狗的奶水。小猕猴尝到甜头后，就抓住狗的乳房猛吸起来。母狗原本因奶水过多，乳房胀痛难忍，被小猕猴吸了以后，顿感舒服多了。

当天夜里，叶新隆怕狗咬伤小猕猴，通宵达旦守候在小猕猴身边。小猕猴也不知是环境陌生还是想它的猴妈妈，整夜叫个不停。

开始几天，叶新隆每天守候在小猕猴的旁边。小猕猴一天要吃六次奶，每次需要半个小时左右。这可苦了叶新隆，他有腰椎病，把狗按在地上常常累得满头大汗。

一个星期过后，叶新隆与小猕猴的关系渐渐地融洽起来，开始形影不离了。淘气的小猕猴有时站在叶新隆的肩膀上，做起滑稽的游戏，有时倒挂在叶新隆的脖子下，逗人开心。

叶新隆把小猕猴当成了家庭中很重要的一员。当狗奶不够吃时，他就自己掏腰包，去买奶粉喂给小猕猴吃。开始时，叶新隆把小猕猴抱在身上喂。这就像大人喂小孩子吃奶粉一样。一段时间以后，小猕猴自己会拿着奶瓶喝了。小猕猴很会喝奶粉，往往一个星期就要一袋奶粉。对此，叶新隆从不心痛。

有时叶新隆会带着小猕猴去逛街，街坊的人都会逗小猕猴玩，有的给小猕猴吃香蕉，有的抓一把瓜子给小猕猴自己剥着吃……不管是谁送东西给小猕猴吃，它都会感激地朝大家做鬼脸。街坊的人也亲密地叫叶新隆"猴爷爷"。

有一回，叶新隆带着小猕猴和母狗一起到街上逛逛。不料街上来了一只凶猛的狼狗，莫名其妙地朝着叶新隆、小猕猴、母狗大叫。母狗见此，吓得拼命往回逃。此时，狼狗见母狗如此害怕，以为叶新隆等是可欺之徒，步步逼近叶新隆。就在这时，一旁的小猕猴猛地跳到狼狗的头上，用双爪撕抓狼狗的脸，抓得狼狗的脸血淋淋的。被惹火了的狼狗一气之下把小猕猴猛甩在地上，正准备扑上去，母狗见状，又扭回头，不顾一切地与狼狗搏斗……

小猕猴英勇"救"主人，令叶新隆很是感动。当天晚上，叶新隆心疼地用双手抚摸着小猕猴的痛处，他感动地流出了泪花……

小猕猴也有顽皮的时候。一次，叶新隆给外甥烧了一碗面条，放在桌上凉会儿。小猕猴看见后，跳到桌上，用爪抓起面条吃了几口，见不好吃，就把碗翻倒了；家里新的窗帘布刚挂好，小猕猴见如此漂亮，就抓着窗帘布爬了上去，此时它正想撒尿，就撒出来了，把窗帘布弄得很肮脏；还有家里种的花以及热水壶等都是它破坏的对象。对此，叶新隆常常是又好气，又好笑。于是他给小猕猴取名为"佳佳"，意思是希望它不要太淘气。

佳佳在叶新隆家住了两个月后就会吃饭了。此后，叶家吃什么，佳佳就吃什么，它俨然是叶家很重要的一员。

经过叶新隆精心饲养，一年后，佳佳由原先不到 450 克增至1150 克。它渐渐地长大了。

该县林业局考虑到，怕人工饲养长久，这只小猕猴日后不再具有野性，不便放回大自然，于是决定于 2001 年 8 月 18 日把佳佳送到深山野林去放归。但当工作人员和叶新隆从山上悄悄撤离，回到停在山脚的车上时，只见佳佳早早地坐在车背上等大家了。它一见到叶新隆，就泪眼汪汪，捂脸哭个不停。见此，叶新隆眼圈也红红的，抱着佳佳放不下……

当天下午，工作人员又带上佳佳乘坐快艇，把它送到该县兰溪桥水库对面的大山中。回到县城后，大家都松了一口气，以为这下可把佳佳送回大自然了。唯独叶新隆闷闷不乐，好像失了魂一样……两天后，松源镇周墩村村民周维均驾驶拖拉机路过兰溪桥水库时，看见一只小猕猴浑身湿透，正紧紧攀住悬崖，它就是佳佳。估计佳佳是冒险游过 1000 多米的水库水面，爬上公路呼救的。周维均带它回家后，次日上午就打电话报告县林业局。叶新隆闻讯后，立即带着妻子前去接回佳佳。当佳佳看到主人时，一下子就扑到叶新隆的怀里，吱吱地哭叫个不停。那情形，佳佳就像一个被丢弃的小孩一样，非常可怜……叶新隆的眼泪很快地就流出来了。

叶新隆只好把佳佳带回家又养了两个月。2001 年 10 月底，佳佳被送到了更远的大森林——海拔 1500 米的庆元县千岗坑原始森林区。回来的路上，林业局工作人员对叶新隆说，佳佳即便完全适应了野外生活，也回不了大自然，因为猴子有群居和排外的习性，陌生的猴群绝对不会接纳它……听到这里，叶新隆又是一阵心酸。

一个星期后，放心不下的叶新隆带着香蕉等食物跑到千岗坑原始森林区看望佳佳。佳佳好像预料到叶新隆会来一样，那天就站在路边等叶新隆。叶新隆看到佳佳时，它又瘦又狼狈，就像一个讨不到饭吃的小孩，他的眼睛再次湿润了……佳佳也像人一样，依依不舍地不想与叶新隆说再见。

从此以后，叶新隆常常牵挂佳佳，每月必抽空去看望佳佳。他知道：他很难离开佳佳了。

今年是猴年，大年初一，叶新隆就带着香蕉、苹果、玩具等东西乘车前往千岗坑原始森林区看望佳佳。那天，叶新隆在佳佳的脖子上挂上写有"猴年吉祥"的齐天大圣图像，递给佳佳一根如意金箍棒。佳佳非常开心，在树上表演"杂技"给叶新隆看，他时而"倒挂金钟"，时而"金鸡独立"……以感谢叶新隆前去看望它。当叶新隆离开佳佳时，佳佳再次流下了伤心的眼泪……

叶新隆说，他之所以那么喜欢佳佳，经常去看望佳佳，一是他自己和家人与佳佳生活了那么久，都很舍不得它；二是希望当地的群众能更多地关爱野生动物，关爱它们的生存环境。

走过可可西里

秋天。

醒来的时候，已在格尔木了。

窗外。

格尔木男人似的山伸个懒腰，已经看见我了。

我揉揉眼，急切地招呼：嘿！格尔木的伟岸男人，我向你致敬了。

火车从我心中飞速地走过，格尔木留给我的是高原男人粗犷的美丽。

我还在为格尔木赞叹的时候，同行的朋友们已举起相机，频频地把格尔木美丽的风景定格在纯净的心灵里。

这次，我是随 2009 年丽水市高层次人才研修班前往西藏的，组织方是丽水市委组织部。去往西藏是我多年的梦想，我从心底深深地感谢组织方的精心安排，特别是李主任为这次行程用尽了心思。

火车走出格尔木，我忽然想起格尔木一个念中学的女孩写的作文。她写道："一个月亮挂在可可西里的夜空，另一个月亮在楚玛尔河里，那是太阳播撒的一粒种子。"看了女孩的作文后，一位叫德吉达娃的牧民告诉这位念中学的女孩，楚玛尔河面上确实有一个又大又圆又亮的红月亮。就在索南达杰献身的那天夜里，他在羊栏里亲眼所见。那个红月亮本来蛰伏在漩里，被藏羚羊的呼唤声拽出来，挂在了雪山顶。

我想，人间所有的美好传说，无不寄托着民众的浓浓思念和善良祝愿。在藏地，月亮是纯洁、真爱、平安的象征。在藏地任何一个地方你都会遇到许多叫卓玛、达娃的人。藏语里卓玛就是太阳，达娃就是月亮。太阳的光芒舒暖温馨，月亮的味道至善至美。

因此，无论怎么说，行走西北，可可西里是神秘的。

可可西里蒙语意为"青色的山梁""美丽的少女"，它位于青海省西北部，与新疆、西藏接壤，面积 4.5 万平方千米。整个保护区平均海拔在 4600 米以上，被称为"世界第三极"；又因为其自然环境严酷，气候恶劣，至今仍是中国最大的无人区……

无人区显然是纯洁的！你看——

纯洁的雪山，我还没有回味的时候，就在眼前了，根本挡不住。

其实远远望去，雪山就像一位纯净的少女，披着白纱，缥缥缈缈地扑向我。

我惊呆了。

大家纷纷说，雪山的纯洁之美，令人呼吸刹那间屏住了。

早晨的金衣就在这个时候很奇妙地来了，它像一件婚纱薄薄地披在高原姑娘的身上。

一群小鸟在雪山的前面掠过。

几只藏羚羊慢悠悠地从晨曦中走过，离开家觅食的路上，狼毒花跟在藏羚羊的后面浅浅地笑着。我的心跟着藏羚羊的足迹晃悠悠地流浪。

朱部长的相机早已在可可西里的美丽风景里穿行，同行的朋友们欢呼雀跃。大家说，可可西里的山是有骨感美的，你看，它粗犷地和我们对话，大方地让火车穿过它的心脏，然后让火车走过的气息把可可西里每座山的心灵连在一块儿。

隔着火车的玻璃窗，我傻傻地想，可可西里是什么时候有，许多人不知道，它像一位走过许多故事的巨人，静静地与历史对话。它是幽雅的、纯净的、寂寞的，但它真正地活着，而且是那么有意义地活着。

我在心里静静地仰慕着，甜甜地品着可可西里静谧而神秘的美丽，心灵随着火车的奔走油然地歌唱着。

我的心就这样美美地跟着可可西里走着。可可西里一望无际，看不到人家，它天然无修饰，更像一位神秘的高原女人，孕育了许许多多可爱的生灵。

其实可可西里甜甜的空气里流动着灵动的音符。

"藏羚羊——"

有人尖叫！

可爱的藏羚羊扑面而来，它们变换着身姿告诉我们这里是它们纯净的天空。

突然一只母藏羚羊带着它的一群孩子从山那边跑出来，在水天相接的地方，它们互相嬉戏，自由驰骋，放飞心情……它们玩尽天堂里所有的游戏，让心灵与自然相印。

随后，同行的林业专家告诉我，藏羚羊被称为"可可西里的骄傲"，我国特有物种，群居，国家一级保护动物，也是列入《濒危野生动植物种国际贸易公约》中严禁贸易的濒危动物。"藏羚羊不是大熊猫。它是一种优势动物。只要你看到它们成群结队地在雪后初霁的地平线上涌出，精灵一般的身材，优美的飞翔一样的跑姿，你就会相信，它能够在这片土地上生存数千万年，是因为它就是属于这里的。它不是一种自身濒临灭绝、适应能力差的动物，只要你不去管它，它自己就能活得好好的。"

其实可可西里的藏羚羊是害羞的，它们常常是这里一群，那里一伙，倒映在湖边，或吃草，或戏水，或谈情，或高歌……一举一动都是那么自然随和，活在自己的空间里。有时候，它们也静静地与我们相望，表情很纯净，仿佛看到了我们内心的嘈杂。

朱部长说，可可西里的藏羚羊是没有脾气的，它们静悄悄地让人们拍摄，把美带给爱美的人。

曾经藏羚羊被猎杀，在有些地方羊绒被加工成披肩，羊绒披肩最后被销往欧美。目前欧洲市场上一条羊绒披肩的价格约为16000美元。多年来，贩卖藏羚羊制品的商人一直在编织美丽的谎言：用来纺成披肩的这些羊绒是从遥远的喜马拉雅山的荆棘丛和岩石中艰难地一点点收集来的，是动物换毛期间将它们脱落在那里的。这种美丽的谎言掩盖了羚羊绒贸易中的血腥。

在电影《可可西里》导演陆川看来，真正应该受严惩的，不是那些被雇来采金、挖卤虫、打藏羚羊的民工，而是幕后操纵交易的老板。那些民工猎杀一只藏羚羊仅得到五元钱，而幕后老板则是日进斗金。在《可可西里》里，陆川设置了一个盗猎分子马占林。马占林说："我原来放牧，羊、马、骆驼，什么都放，但是后来草没了，羊、马、骆驼都死了。"陆川对盗猎分子放弃了道德批判，他说："这并不是因为我同情盗猎者，而是因为我是一个能够吃饱穿暖的人，我没有资格去批判这些饥饿的、为生存而盗猎的人。"

其实社会上一直有一种强烈的声音呼唤着：保护藏羚羊！保护我们的家园！一个个声音怒吼着喊出，一个个志愿者奔走在无人区。为了保护藏羚羊，我国先后在青海的可可西里、三江源，新疆的阿尔金山，以及西藏的羌塘建立了大型国家级自然保护区。在西藏的"北大门"——安多，一场保护藏羚羊的无声战斗也在悄悄打响。

我想，藏羚羊是有灵性的，随着可可西里自然生态公园的建立，它必然有一个很好的归属。

我想，"高原精灵"藏羚羊以它特有的速度和坚韧，会继续述说着羌塘草原的雄奇、壮丽……

夜幕降临了，火车还在继续行走，走过可可西里，我的心还在回荡：

> 秋天到了
>
> 一张红叶笑了
>
> 走过可可西里
>
> 雪山浅浅地凝眸

雪域里的少女

纯净地呼唤高原里的浪漫

我靠在火车上的窗边

傻傻地等待

做一件最有意义的事

和你

慢慢地变老

91 岁的"打工妹"

（一）

每天凌晨，柳树枝上的鸟儿啼出第一声鸣叫时，91 岁的老太太李貌英就睁开了眼睛，真比小闹钟的时刻还准。这时候，笼罩村庄、田野的夜色还没有完全褪去，大地也还没有完全苏醒。不能再睡一会儿吗？不能！李貌英老太太还要到位于村口的缙云县珍稀食用菌产销合作社去打工。

李貌英是缙云县双溪口乡南源村人。三年前，当地农民租用 20 亩地，投资 40 多万元，成立了缙云县珍稀食用菌产销合作社。该合作社现代化、工厂化生产经营秀珍菇，需要 70 多位工人。其中一个车间是修剪菇脚，无须重体力劳动，只要坐在车间里修剪修剪就可以。于是当地一些就业无门、外出无路、在家闲着没事干的上了年纪的老人就纷纷前往就业。李貌英就是其中的一位，且在这里打工三年了。

9 月 13 日，我们在缙云县珍稀食用菌产销合作社的修剪菇脚车间里看到，大约有 40 余位工人有条不紊地修剪着菇脚。李貌英是这些工人中年纪最大的，她埋在工人堆里非常显眼。记者走上前去和她聊开了。

"工作累吗？"记者大声地问她，就怕她耳聋听不清楚话。

"还好。"李老太用纯正的缙云话回答我们，旁边的工人告诉我们，李老太的耳朵挺好。

"一天工作几个小时？"记者继续问。

"早上天蒙蒙亮，我就从家里出发，走 1 里路过来上班。中午媳妇带饭给我吃，我吃了继续干活，到下午四五点钟下班回家。"李老太很清楚地回答我们。

"工人们一定要那么早来上班吗？"

"没有。主要是我晚上睡得早，早上睡不着，就早点来上班了。早点来，可以都干活，这里是按劳计件的，多干活，钱就多。"

"您每天干得这么辛苦，能赚多少钱？"

"8 元。"

对此，我们深深地不理解。一位 91 岁的老太婆，该是安享晚年生活的时候，却还在打工，究竟为什么？

（二）

站在南源村的乡土上，你豁然有"采菊东篱下，悠然见南山"的乡野感觉。

而眼前的李貌英老太头发稀少，布满皱纹的脸上爬满慈祥的"川"字，一双微带疲惫，依然有神的眼睛，给人以纯朴的感觉，显然是南源村最老实的农民代表之一。

我们一边和李老太聊着，一边见她头不抬，腰不伸，不算缓慢的手熟悉地握着剪刀轻巧地剪着秀珍菇菇脚。一个两个，三个四个，一下子剪了一堆。

"您这么大年纪还出来打工，是缺钱花吗？"记者继续对她进行采访。

李老太的眼睛笑得眯成了一条缝，开心地说："这个问题至少有 100 个人问过我了，我的答案都是：打工快乐！"

"打工真的很快乐？"记者有点不大相信地问。

"如果不打工，一个人待在家里就没事干，往往躺在床上。床上躺久了，就会腰酸背疼，反而影响健康。在这里打工，有事干，很热闹，大家还可以聊聊天，我很喜欢……"李老太慢条斯理地回答道。

"一天干到晚只有 8 元钱，累吗？"

"上午不累，下午我感觉腰有点酸。至于钱，也不缺，子女和孙辈们都会孝顺我。虽然一天干到晚只有 8 元钱，不多，但开心！打工着，快乐着！"

"打工着，快乐着！"记者反复琢磨这句话，这句话是出自一位 91 岁的老太太的嘴巴。它朴实无华，却富有哲理。

（三）

秋日的夜晚，月亮升起来。天上的星星疏疏淡淡，全无声息。几处萤火虫游来游去，不像飞行，像在厚厚的空气里飘浮。

这时候，打工回来的李老太自己烧饭吃好了。记者发现，李老太吃的是粗茶淡饭。

家里静悄悄的，李老太安然地休息。窗外也静悄悄的，阡陌、水渠、稻田、树木都不像白天那么实在，变得朦胧迷离，给人一种如梦如幻的感觉。

我们坐在李老太的旁边，她兴致很高地跟我们讲起了往事。

她6岁没爹，7岁没娘，8岁裹脚，9岁给人家当童养媳。给人家当童养媳，她既没身份，又经常挨骂，晚上常常躲在被窝里哭。家里人见她这么辛苦，在她15岁时把她接回了家，并解除了童养媳关系，让她在家里帮助放牛。

她17岁那年，就嫁到了南源村。丈夫家里没田没地，丈夫一天到晚帮助人家挑东西赚点力气钱养家。她一共生了4个儿子、5个女儿，其中一对儿女因病从小就去世了。丈夫于1976年因病无钱医治而去世……

她说，她这一生什么苦都见过，什么苦活都干过，再对照现在的生活，她已经非常满足了。在中华人民共和国成立前，她根本想不到会有今天的好日子过。

因此她的心态很平和，与人真诚，不计较得失，过粗茶淡饭日子，日出而作，日落而归，悠然过着简单的乡村生活。

我们想这就是她长寿的原因吧！

我们离开的时候，晚风悠悠地把甜美的乡村气息送过来，醉人心啊！李老太送我们到家门口，一个劲地对我们说好，那神情就像满天的星星那样快活！

丽水"闰土"少年

他站在烈日下，头戴着安全帽，手拿着铁锹，脸又黑又瘦……那一瞬间，我们联想到了鲁迅笔下的少年闰土。闭上眼睛，我们的泪水就在眼里打转了。

——题记

2004年7月13日早晨5时，贾仟贰使劲地挣扎了一下睡眼，早早地起床了。被朝霞拖得很长斜影的贾仟贰走到水龙头边囫囵地洗了一把脸后，默默地淘米做饭……

仟贰64岁的父亲贾有木坐在一旁不紧不慢地吸着旱烟，吐出的均匀烟雾和仟贰炒菜的油烟混合在一起，沿着工地上尘土飞扬的空气缓缓地上升……

仟贰今年17周岁，是莲都区岩泉办事处余岭村人。去年年底，他的父亲找到了一份在丽水市区某建房工地上守门的工作。他为了照顾父亲，也跟到了工地。

"爸爸，吃饭了……"

"爸爸，我给你盛饭……"

"爸爸，你身上的衣服脏了，我给你换件衣服，等我从工地上下班后给你洗……"

……

言语中，仟贰对父亲非常孝顺。六年多了，父子俩相依为命，彼此非常关心对方。六年前，仟贰的母亲寻短见了。当仟贰回家看到这一幕时，刹那间，眼泪吧嗒吧嗒地往地下砸……

紧接着，他匆匆地从老家向丽水市区的银苑小区跑去，向出嫁在那儿的姐姐报告这一不幸的消息。路上，他一边哭，一边跑。拖鞋破了，他就赤脚跑。来回 20 多千米，他就这样跑过来。直到如今，他还告诉我们说："那是一种永远的痛，我边哭边跑，回家时喉咙竟然哑了……"

命运很会捉弄人！

不久，他父亲的脚被石头压坏了，变成了行动不便的老人。

没有了妈妈，父亲丧失了干重活的能力，懂事的小仟贰 11 岁就承担起了全部家务：烧饭、洗衣服、给父亲搓背……

吃完早饭，仟贰在笔记本上写下"7 月 13 日继续前往工地打工……"的日记，匆匆地洗了碗，衣服往背上一甩，然后向工地走去。

望着他远去的瘦长背影，父亲长长地叹了一口气："孩子，你过得太辛苦了！我对不起你！"

向家里要钱，等于给父亲压一座大山。

"考上了，考上了！"

"仟贰考上丽中了！"

6 月 21 日，仟贰的舅舅匆匆地赶到工地，老远地就叫了起来：“仟贰，仟贰，你这次中考获得青林中学第一名，考上丽水中学了！”

“什么？仟贰居然考上丽中了？”贾有木有点不相信自己的耳朵。他和仟贰住在工地的矮棚里，矮棚只有七八平方米，白天和晚上常常是机器声隆隆，尘土飞扬，学习环境非常艰苦。仟贰一放学回家就干家务事，很少有时间学习。他怎么会考上丽中呢？

贾有木既兴奋又吃惊！“仟贰——快过来听听，你舅舅说你考上丽中了。”吵闹的机器声中，贾有木突然欣喜若狂地喊叫起来，“仟贰，你为父亲争气了！”

“真的？哈哈哈……我终于考上丽中了。”仟贰兴奋地脱下衣服，跳起来，衣服在手中甩来甩去，非常开心。

仟贰笑了，不过鼻子很快又酸了起来。他看到父亲布满皱纹的脸显得异常苍老。此刻的仟贰只有一个念头：再不能让父亲为自己读书的事操心了，自己要打工赚钱。

他的家并不富裕，这次他考上丽中公费线，但要交 1800 元学费。父亲年龄大了，没有办法再筹集学费，他只能靠暑假去打工赚钱交学费。

可这行吗？

夜已深，仟贰和父亲同睡在一张床上，各自辗转反侧。一阵很长的沉默之后，父亲终于缓缓地说道：“仟贰啊，你今天有这个成绩不容易，有许多家庭条件比我们好的孩子都没有你考得好。贾家今后的希望就靠你了。不像我，文盲一个，连你的名字都没有取好。我没文化，就把钱的数字取为你的名字。这用意就是希望你有个好出息，学好知识，比我强……可我现在老了，赚不了钱了……"

"要是实在没钱，我就别……"

"混账！"父亲骂后，重重地踢了一脚睡在另一头的仟贰。

仟贰悄悄地哭了。他清楚地知道：他不能向父亲索取太多！

"我要打工赚钱！"一个坚定的信念在仟贰的心中生根发芽。

仟贰的心中暗暗地隐藏着一个坚定的信念："我从不屈服贫困对我的困扰！"

去年寒假，仟贰为了赚学费，就在丽水市区踩黄包车了。他兴奋地告诉我们说："好的时候，一天居然能赚 40 多元，一个寒假我赚了近千元。本来今年暑假也想去踩黄包车，可去试了两天，生意都不好，只好在工地上打工了。"

"你在工地干什么活？"我们问。

"什么活都干。但法律有规定，为了保障已满 16 周岁、未满 18 周岁的未成年人的正常发育和身体健康，不能让未成年人从事特别繁重的体力劳动。我在这里提提水泥浆，拉黄沙，打打杂工。但实际上，即使干重的体力活我也能胜任。"为了证明自己说的话，一说完，我们来不及阻止，他就拉着车去装红砖。红砖装满后，他就要往三楼拉……

紧接着，他拉着车去运黄沙。他说，这不算什么重体力活，他已干得很得心应手。

话虽然这样说，但我们很快发现他大汗淋漓了。转眼间，我们发现他背上的衣服全湿了，手背上也不知什么时候被划出了一道血痕……

他站在烈日下，头戴着安全帽，手拿着铁锹，脸又黑又瘦……那一瞬间，我们联想到了鲁迅笔下的少年闰土。闭上眼睛，我们的泪珠就在眼眶里打转了……

旁边跟他一起打工的妇女告诉我们，仟贰借了 1800 元到丽水中学报名的那天，拖鞋是"雌一只，雄一只"。他干活口渴了，拧开水龙头喝几口；累了，从不喊一声苦……

听了这些，我们的心里突然有一股莫名的暖流在流动：

那是仟贰给予我们的顽强；

那是仟贰给予我们的感动；

更是仟贰给予我们的自强不息；

……

烈日下，"男子汉"，工地，打工……

我们非常感动仟贰的非常举动。他的一举一动深深地印在我们的脑海中……

在采访中，我们了解到：他上午从 6 时干到 11 时 30 分，下午从 1 时 30 分干到 5 时 30 分，每天的工资是 30 元。

对此，仟贰还是满意的。他说："对 17 岁的我来说，生活已给我烙上了太多的印记。我并不是一个多愁善感的人，也正因为如此，在太多的困苦与折磨过后，我并没有怨天尤人，而是坦荡地接受了生活给我留下的困苦，因为这就是我的生活。与别人相比，我的世界没有太多的特殊。贫穷对我来说，早已成为一种财富，一种使我永远都处于满足状态的财富。"

我们采访结束时，晚霞满天。仟贰收工了。

我们离开工地时，仟贰正在为父亲用力地搓背，晚霞中，他的背影很长很长……

丽水乡村"东方时空"

"世人都晓'八荣'好,热爱祖国忘不了……"2006年夏天,缙云县东方镇靖岳村十字街头的黑板报前,许多村民正仔细地阅读着村里八旬老人丁文瑞编写的《歌唱社会主义荣辱观》诗歌。二十二年来,视力不好的丁文瑞风雨无阻地坚持编写黑板报近千期,深受附近农民喜爱,群众亲切地称他编写的黑板报为山村的"东方时空"。

今年83岁的丁文瑞20世纪40年代毕业于国立暨南大学化学系,毕业后一直从事化学教育工作,被称为当代"缙云教育三贤"之一,直到1984年退休。东方镇是革命老区,但村民缺乏知识,所以他们迫切需要有人引路。于是丁老师一退休就闲不住,义务当起了村里的宣传员,在村中间的十字街头自费办了一个大型黑板报。

黑板报每周出两到三期,至今已出了968期,内容大致分为三块:左边为国家大事和党的方针政策;中间为各类报纸的新闻摘要;右边为本县新闻及发生在周边的好人好事。新闻内容大多数是丁老师从自家订阅的《人民日报》《浙江日报》《丽水日报》《中国剪报》《农村信息报》《浙江老年报》及《半月谈》等十几种报纸杂志上摘抄下来的。有时候丁老师自己也写一些新闻，这些新闻大多数是刚刚发生在东方镇的好人好事。

丁老师虽然80多岁了，视力不好，但办黑板报一丝不苟，有时为了寻找一点资料，他甚至跑到乡政府或学校去拿。逢年过节，丁老师仍不忘出黑板报，他有8个儿女，有5个在外地工作，春节要接两老去过年，丁老师硬坚持要先出完黑板报，提醒村民们注意做好春节的各项防范措施和注意安全后，才放心去过年。最近，丁老师又围绕"新农村建设"和"八荣八耻"这两个主题，一连出了20多期专刊……

由于丁老师出的黑板报内容丰富、形式多样，所以很受村里群众的喜爱。每天他出的黑板报前都聚集了一大批人，有时候他一边出黑板报，一边吸引了一大批群众前来观看，甚至附近村里前来赶集的、接送子女的群众也前来一睹为快。丁老师的黑板报由此被当地3000多名群众亲切地称为乡村里的"东方时空"。

山里娃京城夺冠

2010年8月1日，灿烂的阳光从杨箫羽的指尖悄悄地溜过。

杨箫羽穿着拖鞋穿行于田野间，摘回来了一篮子空心菜。走在乡村的路上，她一边哼着婺剧，一边欢快地跳着。田野里到处是农作物，它们茁壮地成长着，如中午的阳光一样饱满而静美。

杨箫羽今年7岁，是缙云县五云镇官店村人。她回到家，匆匆忙忙地擦了一把脸，立即赶到村里的少儿民乐队，与村里的其他9位少儿一起排练婺剧摊簧《古村戏韵》……

"好，就是这样，把我们最灿烂的笑容展现给全国的电视观众……"国家一级演员、省群艺馆周子清认真地为少儿民乐队指导《古村戏韵》的排练。现场指导排练的专家还有省群艺馆培训部主任周鸣岐、江山市文化馆副馆长朱锡群等。为了培育婺剧新苗、挖掘婺剧新人、弘扬婺剧艺术、推动婺剧发展，缙云县婺剧促进会特邀了这批专家。

"获大奖了！获大奖了！"8月7日一大早，官店村的男女老少欢呼雀跃。从北京传来令人振奋的消息，官店村少儿民乐队表演的节目婺剧摊簧《古村戏韵》参加了8月5日、6日举行的第四届全国少儿曲艺大赛，一举获得一等奖！

本届全国少儿曲艺大赛由中国曲艺家协会、全国少工委办公室、中央电视台青少年节目中心共同举办，全国24个报送单位共推荐了220个节目，节目数量之多、水平之高、曲种之全创下新高。经过严格的复评，最后50个节目进入决赛，评出一等奖7个。《古村戏韵》是浙江省唯一进入决赛的节目，同时还获得了大赛的园丁奖和组织奖，成为本次大赛中获得奖项最多的节目。

山里娃获得了大奖，这在缙云县引起了轰动！

"卸了戏妆能下田，上了舞台能唱戏。"这就是官店村村民的基本功。

官店村很多家庭都是四代同台或一家同台演出，全村1378名村民，就有六成以上是"演员"。

官店村田少地薄，山脉秃秃石头多，历代都以凿石谋生。中华人民共和国成立后，官店人还靠石头换取油盐酱醋。想不到改革开放之后，官店村发生了翻天覆地的变化，满山的石头成了石雕产品，滚滚财源流进村民的口袋里，往日穷村子如今富得流油，2009年人均收入达到了8360元，令人刮目相看。物质富裕了，村民们开始追求精神生活，纷纷学唱婺剧、跳舞、学习各种乐器……

如今你随意哪一天走进官店村，随意走进一户，都可以拉出一位会唱婺剧的村民，甚至吹拉弹唱样样会，官店村成了缙云县乃至丽水市都有名的文化村。

事实证明，现在的官店村是集"婺剧文化""黄帝文化""石头文化"于一体的知名村庄，先后获得了"全国敬老模范村""浙江省全面小康建设示范村""省文化示范村""浙江省行政村示范档案室""浙江省科普示范村""丽水市廉政文化农村先进单位"等荣誉。

耳濡目染之下，官店村的少儿们个个能唱婺剧。在官店村你可以看到，村民们白天干活回来，晚上通常是打开电视机和DVD机，播放一段婺剧《僧尼会》《姜维探营》《辕门斩子》……大人和小孩边唱边舞，不亦乐乎！到了周末，孩子们便来到了村里的"音乐家"杨缙家，跟他学习打鼓板、弹柳琴、拉二胡、吹唢呐……这群由官店村40多名少儿组成的乐队名叫少儿民乐队，乐队里吹拉弹奏各种乐器有数十种。孩子们在这里找到了自己的天地，尽情地学习各种乐器，快快乐乐地度过了一个个丰富多彩的周末。

少儿民乐队成员、今年初中毕业的杨京霖7岁开始学习笛子，如今他已经通晓二胡、唢呐、司鼓等6种乐器。一次偶然的机会，杨京霖参加了学校的一场演出，之前他名不见经传，可上场一敲，观众就掌声一片。从此杨京霖出了名，再也离不开乐器了。

在少儿民乐队，不仅是杨京霖酷爱乐器，还有许多少儿喜欢上了婺剧。他们经常在村民的包围中唱婺剧、演奏，这里的小小乐手们毫不紧张，他们的身体随着音乐轻轻摇动，似乎已经到了忘我的境界。尽管他们从乡村走出来，但在杨缙老师的指导下，音乐演奏水平都达到了专业水准。

山里娃陶醉在曲艺的乐园里。

弯弯的小溪，波光粼粼；弯弯的小路，青草绿绿。

官店村蓝色的天空澄澈、纯粹、深邃。音乐有多远，热爱就有多远，每一个音符，每一句歌词，都快活地在官店村的少儿民乐队里跳跃。

从小喜欢音乐的杨缙从城里下岗后，就回到村里组建了少儿民乐队。起初他不收学费，纯朴的村民就经常往杨老师家里送自己种的农产品，有时是一篮菜，有时是一篮水果……杨老师从不计较，坚持教村里的孩子们学习乐器。

这一教就是近二十年，当初是孩子，现在许多都变成了爸爸妈妈，他们个个是音乐"高手"，在村里传播音乐文化……更有的孩子考上了音乐专业的大专院校，有的已经从音乐方面的研究生专业毕业，杨老师名声远扬。附近许多村庄的小孩都纷纷慕名前往学习，由于孩子太多，杨老师才适当地收点学费。

时间一转眼到了2006年，为促进新农村文化建设，缙云县婺剧促进会会长陈子升带领一班人员深入基层，调查、了解到了官店村的少儿民乐队。在听完了少儿民乐队的表演后，陈子升一连说了三个"好"，并表示要抽调缙云县婺剧促进会的精英专门为少儿民乐队辅导婺剧。

2006年12月17日，浙江省婺剧促进会在杭挂牌成立，为表示祝贺，陈子升带领官店村少儿民乐队11名成员奔赴省音乐厅，登台演唱婺剧《八荣八耻》，受到在场省领导和嘉宾们的称赞，并得到了省里专家的一致肯定。

2009年4月，在浙江省群艺馆副馆长邬勇的带队下，省里一批音乐专家到官店村采风。专家们对官店村的少儿民乐队表现出了浓厚的兴趣，纷纷给予了高度的赞扬，并表示要为少儿民乐队量身定做一曲反映官店村新农村建设的婺剧片段。

2009年6月，由音乐专家鲁客作词，周鸣岐、孔迪作曲，反映官店村新农村建设风貌的婺剧摊簧《古村戏韵》新鲜出炉，少儿民乐队成员练习得津津有味……

在众多专家的肯定和指导中，官店村少儿民乐队的40名"小音乐家"水平越来越高了，名气越来越大了。杨箫羽是乐队里最小的孩子，只有7岁，学习乐器刚刚一年，但是她无论是表演的时候，还是独自练习的时候，那份投入完全不像这个年龄段的孩子。省群艺馆培训部主任周鸣岐对记者说："杨箫羽这个山里女孩，唱婺剧简直是天才，她的音质非常好，悟性高，一个唱段只要教三次，就唱得很好，而且上台一点不紧张，台风好。"

少儿民乐队成员金于说，学习乐器带给了她自信，同时也提升了她的智力，陶冶了她的情操。原先她的学习不够理想，如今她的学习成绩也大幅度提高了，还多次在音乐比赛中获奖。在这个乐队中，像她这样获得优异成绩的还有好几位，乐手们的人生或多或少会因为音乐而改变。

2009年9月，绍兴。

初秋的风吹动着天籁，全国第四届曲艺金星奖选拔赛（浙江赛区）在这里举行。

"爷爷奶奶传说着神奇的故事，黄帝乘龙从仙都羽化飞天，留下了道骨仙风的古老小村，这就是我的家乡叫官店，对，叫官店……"由缙云县婺剧促进会选送的官店村少儿民乐队10名成员亮丽登场，他们是杨徐柳（司鼓）、徐沛霈（锣）、杨茜涵（钹）、金于（高胡）、丁沿茹（二胡）、谢舒莹（中阮）、郑雅心（柳琴）、傅柳涓（播胡）、杨京霖（笛子），每人拿不同的乐器，杨箫羽独唱婺剧《古村戏韵》，打动了在场专家，乐队一举获得少儿比赛部分的最高奖。

专家一致评价说，官店村少儿民乐队来自农村，非大专院校的专业队，而且 10 个选手除 1 人演唱外，其他选手拿着不同的乐器弹奏，非常不简单……

音乐专家施利盟告诉记者，音乐文化是官店村的"金名片"，很难想象，一个浙西南的农村会是浙江省的一个文化名村，那些拿锄头、拿刀（雕刻石头）的文化层次不高的农民会是"音乐家"，更难以想象的是这些农民对子女培育音乐的重视，这一点连城市里的家长也不如官店村的农民。他希望这样的农村更多一些，尤其是当孩子们加入其中时，会让人感到这个村庄很有朝气，很有文化味。

2010 年 7 月，缙云县婺剧促进会万万没有想到，官店村少儿民乐队表演的婺剧摊簧《古村戏韵》录播后，由他们选送参加第四届全国少儿曲艺大赛。当时全国有 220 多个节目，被专家选评后留下 50 个节目进入决赛，而《古村戏韵》意外地进入了决赛。

2010 年 8 月 5—6 日，北京，第四届全国少儿曲艺大赛隆重举行。

经过刻苦训练的官店村少儿民乐队的演员于 8 月 4 日下午抵达北京，8 月 5 日 12 时进入中央电视台演播厅开始彩排，直到晚上 10 时比赛才结束。带队参加演出的缙云婺剧促进会会长陈子升介绍说，在近十个小时的紧张彩排和比赛过程中，小演员们发扬连续作战精神，始终保持良好的状态。最后，担任此次大赛评委的著名演员冯巩在对该节目进行点评时，给予了很高的评价，认为能够从浙西南山区挖掘出这样优秀的节目确实不简单，婺剧事业后继有人，婺剧文化大有希望。

此次北京之行，官店村少儿民乐队因表演出色还有了一个意外收获。陈子升说，经过央视导演临时决定，《古村戏韵》节目8月8日晚又参加了由文化部民族民间文艺发展中心、中国艺术家协会、中国教育事业促进会联合举办的第五届中国青少年艺术节演出，官店村少儿民乐队在中央电视台的表演可谓"一举两得"。

令人振奋的消息传到官店村，全村人都沸腾了。

最后的手工造纸术

当古老的山村缓缓地掀开早晨朦朦胧胧的面纱时，勤劳的鸟鸣就早早地催着主人起床了，紧跟着炊烟袅袅地升起来。

"嗵，嗵，嗵……"均匀有力的水碓捣刷声在山清水秀的山谷中显得格外清脆雄亮。依山而建的水碓房、捞纸坊和腌竹槽，与古民居融为一体，构建了一组独特的家庭作坊图。

这不是沈从文笔下的湘西风光，而是隐藏在松阳县谢村乡大岭根村的一道独特的风景。

"互联网""数字化""无纸化办公"等已成了城里人的日常生活，而在大岭根村的毛飞远等三位老人还在沿袭着宋应星《天工开物》里记载的最原始的造纸方法，生产十二都草纸。

我们相约来到这里采访，现在的谢村乡一带曾经被叫作十二都。民国时期有关地方文献说到松阳特产时，少不了总有烟叶和草纸。据悉，当年十二都一带造纸的槽户多达三四百，一年产草纸万担以上，是浙西南有名的草纸之乡。

几百年前，十二都的先民为避战乱，从福建一带逃迁而来，同时也带来了造纸术。

这是我们从当地的族谱上了解到的。谢村乡一带的竹子特别适合造纸，造出来的纸是黄白色的，看起来很干净，所以在过去，十二都纸的销路很好，除了周边地区外，还远销上海、山东等地。

有资料记载，抗日战争时期，省工业改进所曾派造纸技工到十二都指导槽户改进造纸工艺，使之能生产毛边纸、新闻纸以供战时需要。所撼槽户囿于传统，难以接受新法造纸，工业改进所指导改良造纸工艺的设想终成泡影。

此后，土办法的民间造纸术随日出日落一直在这山村里延续着，直到如今，纸槽和产量都日益衰减，如今大岭根村只剩三家纸槽。老槽户们回想起当年的兴旺，面对眼下的萧条，大有日薄西山的没落感。

毛飞远今年59岁了，他15岁随父亲学做纸，是当地有名的师傅。

说起父辈、祖辈的辉煌，忠厚的他眉飞色舞。他说他家从事造纸术至少有五代人了，他小时候随父亲担草纸到松阳古市卖，常见到大小山货行里满满堆的全是草纸，多的时候达上千担；等着装船从温州运往全国各地。

我们走在大岭根村的乡道上，听着"嗵嗵嗵"的水碓捣刷声，似乎看到了以前造纸的热闹场面。

在毛飞远的介绍下，我们知道了民间草纸制造的复杂工艺。

漫山遍野的毛竹为做十二都草纸提供了充足的原料，山民们就地取材，将新年长大的毛竹叶掠去，卖给毛飞远等三人。他们将买来的毛竹斩成1米许长，再砸成指头粗的小条，俗叫"刷"，扎成捆晒干。

晒干的竹条放进石灰里压上石块浸泡，时间为三到五个月，每个池可放下 1500 公斤左右。浸泡后把"刷"捞出，晒干，再用清水浸洗一个月，除去石灰杂质，再晒干。这道工序称为腌竹。石灰腌竹的气味十分呛鼻，只要有一个腌竹坑，一大片村子都会弥漫着这种臭味，所以有的村子便把腌竹坑集中在一起。将腌过的竹条放进水碓坑里捣成黄色的纸绒，旁边要有人不断地分翻。这是既枯燥辛苦又危险的一道工序，需要耐心和细心。这道工序称为捣"刷"。将金黄色的纸绒融进水里，搅拌均匀，放掉水，让纸绒成均匀的纸绒浆。第二天，分批按比例稀解纸绒并用力搅匀。

这做好后，用极细的竹丝编成的帘在浆池中轻轻一荡，滤掉水便剩下一层薄薄的纸浆膜，干了以后就是一张纸了。纸张的厚薄完全取决于造纸师傅的控制水平，轻荡则薄，重捞则厚。为得到一张薄纸，古人总结出了"柔轻拍浪""持帘迎浪而上""抄浆着帘的一瞬间震动纸帘"这三要素。这道工序称为捞纸。几千张纸膜叠在一起，像一堵墙，垂直整齐，称"纸岸"或"纸墙"。然后利用杠杆原理，把纸岸（或纸墙）就地用绞机榨掉水分，然后掰成三节或四节。再将粘连在一起的纸分页。这项工作似乎很简单，实则不易。因为纸膜潮湿，如果只是用手一张张地揭开，往往破损报废。有经验的人用特制的类似于手箍的东西在纸坯上猛划几下，一侧的纸角便翘起，借机逐张分离。分离后的纸放在地上晒干。如今干这活的都是老人和女人。

如此复杂的一道道工序做好之后，草纸就做好了。

这种原始的造纸方法里边渗透着古代许多人的智慧。

时代总是往前发展的，随着现代纸业的发展，十二都纸渐渐失去了市场，现仅能用作鞭炮制作和冥纸。

我们听着毛飞远老人的讲述，仿佛看到了民间造纸像一位筋疲力尽的沧桑老人，走过了它的黄金期，默默地衰落了。

现在很少有人用到草纸了，毛飞远有点悲凉地说，孩子们都走出大山，外出打工了，他的手艺就没有人继承了。草纸价格低，很难有市场，而且手工造纸根本抵不上机器造纸，丽水其他地方会造纸的人都不做了，于是他和村里另外两人准备将今年的这批草纸造好后，就不再去延续《天工开物》里记载的最原始的造纸术了。

经济前途的无望注定了十二都草纸的没落，十二都纸将面临消失的命运。也许过不了多久，我们将只能在博物馆中看到草纸的制造过程。

但历史也不会忘记，古老而文明的民间造纸术为历史做出的巨大贡献。

神奇绿谷　璀璨文化

在浙江西南部，镶嵌着一颗璀璨的绿谷明珠——丽水。

这里有新石器时代晚期文化遗址——遂昌好川古文化；这里有宋代中国五大名窑之一的龙泉青瓷哥窑遗迹；这里有 1500 多年历史的古代水利工程通济堰……这是一片古老而神奇的土地。一代代勤劳质朴的丽水人，用自己的双手，谱写了一页页光辉璀璨的历史和文化，逐步形成了绿谷文化。

传承历史，沟通未来。近年来，丽水市委遵循建设社会主义先进文化的总体要求，按照浙江省委加快建设"文化大省"、增强文化"软实力"的工作部署，立足区域特色，弘扬绿谷文化，促进生态文明建设，努力形成独具魅力的区域文化风格，一个集"艺术之乡、浪漫之都、休闲胜地"的新丽水逐步展现。

丽水历史悠久、物华天宝、人杰地灵，勤劳智慧的丽水人民在源远流长的历史进程中创造了丰富多彩的特色文化，这逐渐形成了绿谷文化。

绿谷文化根植于丽水深厚的历史文化底蕴和文化传统，与"浙江绿谷"的自然禀赋和跨越式发展的创造性实践紧密结合，在长期的生产生活实践中创造出富有人文魅力、反映自然和谐、体现自强不息、具有鲜明特色的区域文化。

历史一页一页地被翻开，熠熠生辉的绿谷文化璀璨夺目。

相传中华民族始祖轩辕黄帝曾于缙云仙都鼎湖峰炼丹升天，而峰侧的黄帝祠宇是中国南方祭祀朝拜轩辕黄帝的重要场所，与陕西黄陵遥相呼应，形成"北陵南祠"的格局……这就是绿谷文化中最早的黄帝文化。

青田人刘基 17 岁师从处州名士郑复初，考中进士后，辞官隐居青田石门洞。公元 1360 年，决定出山辅助明太祖。公元 1371 年，他主动辞去一切职务，告老还乡，回青田隐居，死后葬于青田。刘基不但是一位谋略大师，也是一位著名的学者和文人，代表作《郁离子》一书在中国思想史上和文学史上都占有重要地位。

汤显祖是我国明代著名的文学家、戏剧家，被誉为"东方的莎士比亚"。他于明万历二十一年至二十六年（1593—1598）任遂昌知县。其代表作《牡丹亭》就是他在遂昌当知县时完成的。

如果说黄帝文化和刘基、汤显祖文化，是丽水名人文化的集中体现，那么风情独特的畲族文化、华侨文化、石雕文化、廊桥文化，展示现代艺术的摄影和巴比松油画文化，基于生态优势的生态文化以及在生产生活实践中派生出来的香菇文化等，都是构成绿谷文化的璀璨夺目的文化要素。

丽水不仅人才辈出，更是物华天宝。

庆元的如龙桥是当代丽水 134 座廊桥中的瑰宝。它修建于明天启五年（1625），其结构复杂、工艺精湛、功能完备，系迄今发现有明确纪年、年代最早的木拱廊桥之一。如龙桥建筑上颇具宋代遗风，目前在全国已属少见，具有很高的历史、艺术和科学考察价值，为我国唯一国家级的木拱廊桥重点文物保护单位。

现在许多人说到丽水，自然会想到畲族文化，丽水是全国最大的畲族聚居地，景宁是全国唯一的畲族自治县和华东地区唯一的少数民族自治县。景宁畲族文化始于唐朝，历史悠久，形成了独特的少数民族文化。

传统文化的背后，更孕育了现代文化，而华侨文化则是现当代文化的代表之一。丽水是全国重点侨乡之一，全市有侨胞近23万人，分布于世界120多个国家和地区。青田县是著名的侨乡，华侨华人数占全市的80%以上。海外华侨华人在长期的艰苦奋斗中，不断进取、负重拼搏、敢于闯荡、开放兼容、报效家园、团结互助，逐渐形成了独特的文化现象和人文精神……

……

多种多样的特色文化经历了时间的考验，至今仍闪烁出耀眼的光芒。

满园春色关不住，绿谷文化扑面来。

近年来，为了认真贯彻落实党的十六大和十六届三中、四中全会及省委十一届八次全会精神，按照总书记对浙江工作提出的"走在前列"和省委深入实施"八八战略"、加快建设文化大省的要求以及市委深入实施"三市并举"发展战略的总体部署，切实增强文化"软实力"，全面推进经济、政治、文化、社会建设，丽水市出台了《中共丽水市委关于加快绿谷文化建设的决定》。

根据这个决定的实施意见，丽水市实施了一批重点文化研究项目。《科学发展观在丽水的实践》深入总结丽水发展经验，科学解读市委、市政府重大决策，系统研究丽水经济社会发展过程中的重大现实和理论问题，是丽水当代发展研究的重要成果；历史文化专题研究方面，重点编撰了《丽水·绿谷文化丛书》（包括《秀山丽水》《青田石雕》《龙泉宝剑》《缙云黄帝祠》《畲乡景宁》《龙泉青瓷》共六册）和《处州廊桥》，目前已经出版；名人研究方面，召开 2006 中国青田刘基文化研讨会，举办 2006 中国汤显祖文化节暨国际学术研讨会，促进了学术交流，形成了一批学术成果。

不仅有理论上的深入研究，丽水市对文化的包装展示也是有声有色。

摄影，已经成为丽水一张金字招牌。"借梯上楼"是睿智的丽水人走的一条道路。丽水首先是选择与中国摄影家协会合作办了多次摄影文化节，尤其是 2004 年 2 月，丽水市与中国摄影家协会签署协议，由丽水举办未来 10 年的中国国际摄影艺术展览，这在中国摄影史上是一大创举。在此基础上，丽水在 2004 年开始打造自己的节庆品牌——中国·丽水国际摄影文化节。

从 2004 年的首届，到去年的第三届丽水国际摄影文化节始终围绕"打造摄影品牌，扩大国际交流，展示丽水魅力，推动旅游发展"的主题，注重国际性、艺术性、群众性，组织了众多的赛事、高档次的讲座、宏大的群众文化、丰富的采风创作活动。

经过精心打造，丽水摄影品牌已在全国具有相当的影响力。《中国摄影报》评价，中国摄影初步形成"东有丽水，西有平遥"格局。同时，美国、加拿大、法国等国家和地区，几乎每年都有摄影家前来创作采风；国内摄影团队前来创作交流的更是一批接一批。遂昌南尖岩景区无疑是摄影品牌最大受益者。由于被命名为摄影创作基地，并融入摄影文化节采风线路中，南尖岩景区游客从前年的 3 万多人次一下跃到去年 20 多万人次，增长 6 倍多。

通过摄影品牌的成功运作，丽水对打造文化品牌已得心应手。去年在杭州举办了丽水文化精品展，首次打响的包括龙泉青瓷、龙泉宝剑、青田石雕在内的"丽水三宝"品牌，一经推出就获得了各界人士的广泛好评。

今年，丽水市委书记陈荣高又进一步提出，要加快丽水生态文明建设，要更加自觉、更加主动地推动绿谷文化大发展大繁荣，进一步保障和发展人民群众的文化权益。要依托丰富的生态优势和文化优势，加快推进绿谷文化建设；坚持以人为本，加强公共文化服务体系建设；深化文化体制改革，增强文化发展活力。

经过近年来的探索和实践，丽水市通过做大一批特色节庆活动，培育一批经典旅游景区，发展一批民间艺术生态保护区，打造出独具浓郁地方特色的文化品牌。缙云仙都旅游文化节、景宁畲乡风情节、庆元香菇文化节、云和木制玩具节等，逐步发展成为区域性、全省性乃至全国性、国际性的文化展示交流平台。

经过卓有成效的艰苦工作，丽水进一步展示了绿谷文化内涵，提高了绿谷文化的知名度。

随着社会时代的发展，文化不仅是一门精神领域的事业，而且还逐渐发展成为与旅游、工业等紧密相连的产业。丽水市把培育有竞争力的特色文化产业作为绿谷文化建设的突破口来抓，努力把丽水的文化资源优势转化为经济优势，重点培育龙泉青瓷宝剑、青田石雕、古堰画乡、云和木制玩具等文化产业园区（均已被列入省"四个一批"重点文化产业区块），使之成为丽水文化产业发展的"引擎"。

龙泉市青瓷宝剑园区是龙泉市委、市政府为恢复和扶持培育龙泉青瓷和龙泉宝剑两大传统产业，于 1999 年开始创建，2002 年被列为浙江省重点工程建设 A 类工程项目。青瓷宝剑园区一期征用土地 57 亩，1999 年 4 月开工建设，2000 年后相继投产，入园企业 34 家。今天，龙泉青瓷宝剑企业达 230 多家，从业人员 4000 多人，产品远销五大洲。2007 年，龙泉市委、市政府提出要把青瓷、宝剑合一，作为金名片来打造。青瓷城要上，宝剑城也要上，双城合一，建设中国青瓷宝剑城，把旅游、文化、工业集于一体，凸现集聚效应。

作为中国传统工艺，有着 1700 多年发展历史的青田石雕更加注重文化内涵和工业园区建设，在创新中不断提升文化品位。特别是 20 世纪 80 年代后，青田石雕产业有了跨越式发展：1984 年，产值 200 多万元；至 2003 年 6 月，年产值达 2.3 亿元，占当地经济 12.34%。其中，出口贸易额达 0.8 亿余元；2007 年年产值达到了 4 个多亿。现有专业性石雕市场两个、工业园区一个、青田石雕博物馆一座，从业人员增至 3.3 万人。

云和木制玩具远销欧美、日本等 30 多个国家和地区，年产值近 10 亿元，年出口额位居全国同行业之首，占云和工业总产值的 50%。云和曾被国家农业部命名为"中国木制玩具之乡"，被国家轻工业联合会命名为"中国木制玩具城"。现云和木制玩具工业园区已建成 1.5 平方千米，累计完成投资 9 亿多元，园区管理企业232家。

更可喜可贺的是，2005年，距离丽水市区20多千米的莲都区大港头镇和碧湖镇，迎来了一次新的机遇。市委、市政府提出采用园区的模式建设"古堰画乡"。像建工业园区一样，"古堰画乡"先后确立了自己的发展定位，成立了专门班子，编制整体规划，制定了涉及招商在内的各项优惠政策……

短短两年，"古堰画乡"的建设已雏形初现。到2007年底，江滨古街区改造编制修缮方案在优化整改后已启动；多次组团到福建厦门、莆田、仙游等地招商；古堰画乡旅游区规划审批和临时停车场建设完成；景区入口标志、古樟广场项目、游客接待中心工程等建设陆续推进；写生基地的网络建设得到完善……

短短两年，"古堰画乡"的魅力也逐步显现。近年来，10多名来自福建的画家携家带口迁入这里，喜做"文化移民"。莆田画商陈金仁说，来这里定居，主要是这里离义乌很近，就像闹市里的后花园，创作、生产都合适。

短短两年，"古堰画乡"的竞争力也开始凸现。目前，已有40余家商品油画企业进驻；2007年，"古堰画乡"被评为全省文化产业示范基地提名单位。目前，还有众多的企业希望能进驻该园区。

2006年7月，浙江省委书记在丽水调研时，对古堰画乡的发展模式给予了充分肯定："丽水巴比松油画群体传承巴比松精神，画家乡的风景，形成一定的文化知名度。今后古堰画乡要多举办一些活动，打响知名度，在全国形成一种独特的文化吸引力，逐步形成文化产业。"

丽水市近年来还重点扶持和发展了四大文化产业门类：一是
生态文化旅游业。立足特色，整合资源，走生态、文化、旅游相
互结合、相互促进的发展路子，逐步建立以绿谷文化为内核的丽
水生态文化旅游新框架；二是现代传媒业。基本形成以广播电视、
电子传媒和印刷传媒为主体的现代综合传媒产业；三是艺术品经
营业；四是文体用品制造业。

丽水文化产业欣欣向荣！

丽水文化产业正在腾飞！

作者写于2004年

原野　沐气　净心（后记）

心灵累的时候，每一个人都在寻找原野，你的原野在哪里？

聆水，净心；攀山，吸氧；品气，安籁……这就是丽水的原野，淡淡的，有点甜！

有那么一种时候，一个人漫步丽水的原野，看着甜澹的秋，呼吸着原野深邃的绿，于是闻到空气中有一种纯净的"维生素"，悄无声息地嵌进灵魂里。

有些岑寂的声音你听不到，但不等于没有人在听。张爱玲说，有几个女人是因为她的灵魂之美而被爱上的？

或许，在瓯江边，伸出手，呼吸着有点甜的好空气，能言明的必不是水的本色。瓯江边的绿是温柔的，有时会暧昧地温柔，常常让人深陷迷糊，疑心那绿一直流淌在诗人的笔尖里，散文家的景致里。可以是闲看"落花人独立，微雨燕双飞"的随意，可以是细听"人闲桂花落，夜静春山空"的淡泊，也可以是感受"随风潜入夜，润物细无声"的温柔，更可以是恬静体味"水光潋滟晴方好，山色空蒙雨亦奇"的悠然。

这样想着，让人恍然于世外净土。

山岚里的风是悄然的、舒缓的、无声无息的。说它无声，可明明听到了恬静的声音，仿佛来自平平仄仄的万种风情的唐诗里。说它无息，可又明明感受到它的气息，仿佛源于李清照"闻说双溪春尚好，也拟泛轻舟。只恐双溪舴艋舟。载不动、许多愁"百媚千娇的寂寞里。

此时，我的呼吸在甜蜜的空气里变得纯净轻盈，我的心灵在清淡的风中变得豁达澄清。而曾经的爱情、青春、名利，在生命的河流漂浮，却形似秋的浮萍，佛语人生就是呼吸平淡好空气，看来纯净是必然，而面对苦难，我们能坚定无惧、平淡殷悦，超脱而出。没有了霓虹灯的辉映，听不到了街上尖厉刺耳的刹车声，也没有了划拳行令或 KTV 的低音功放。好！心灵透气去了！

既然厌倦了喧嚣，看惯了追逐，走出了烦躁，索性在原野漫步一回吧，让我们的心灵透气去吧！在碧青的原始森林里，我看见生命的长势，令我肃然起敬，石崖上倒悬的藤、石缝中茁壮的草、山坡上烂漫的野花、郁郁葱葱的野草地，缠住我的脚步，让我留下来，聆听一个原始森林的安籁。

此时，我的灵魂踩在莽莽原野里，绵绵细雨点点滴滴、滴滴点点，落在我的头上、脸上、衣上，轻柔而又温润。我的心灵随风飞舞，轻盈旋转，我捡起来一滴滴雨点，它很轻柔、细软，残留着淡淡的清香……置身于这样的情景里，我的脾气在变化，我的肤色在慢慢地蜕皮，生命的方向就这样慢慢在往前延伸。

人世间，总有些山，有些水，散发着安静的气息，总会使人幽情，静静地令人闲适地行走，静静地体会山的哲学，水的灵动……

这就是丽水的原野。也许，你稀里糊涂到了丽水，才知道天空中飘着"空气维生素"，无须带伞；也许，你本想回去，招呼家里人一起来享受，可又一想，这样点点滴滴的绵绵细雨，难得如此浪漫；也许，你就这样不知不觉地摸着"天街小雨润如酥，草色遥看近却无"的静美，厌倦了喧嚣，看惯了追逐，走出了烦躁，索性在原野漫步一回，让心灵透一把气去了！